知的生きかた文庫

思い通りにいかないから
人生は面白い

曽野綾子

JN109388

三笠書房

もくじ

第1章

「思い通りにいかない」と、なぜ人は嘆くのか

「火宅《かたく》」が私を鍛えた　10
人生は「想定外」が当たり前　13
現世は、あっという間に豹変《ひょうへん》する　17
人は平等でも公平でもない　21

第2章

うまくいくかいかないかは、やってみないとわからない

なぜ読書が、含みのあるいい人間をつくるのか　26
実は鈍才《どんさい》が社会を動かしている　31

第3章

期待すればするほど不幸になる

選択は、その人の勇気の証《あかし》　35
ダメなら尻尾を巻いて引き下がる　39
一歩を踏み出したからこそ気づく才能　44

好意を期待するのは不幸のもと　54
受けて与えて大人になる　57
生き方に優先順位をつける　64
あきらめのいい人、悪い人　67

第4章

「自分が見たもの、聞いたもの」を出発点にする

良くも悪くもあるのが人生　72

タダで得るものからは何も身につかない 77
「段ボール一枚」の幸せ 80
情報を鵜呑《うの》みにしてはならない 84
みんなが右に行ったら、あえて左に行く 89
ぶれない眼力の養い方 94
美学を持っていないと、常識に飲み込まれる 98

第5章

人生は努力半分、運半分

努力が報われない時、どうするか 104
人とは違う運命を甘受《かんじゅ》する 108
自分の希望は「登録」しておく 112
天職を見つけるたった一つのコツ 116
男坂を行くか、女坂を行くか 122

第6章

「幸福を感じる力」は不幸の中で磨かれる

人は皆、重荷を背負っている 126
「不幸」ではなく「悲しみ」を分け持つ 129
影があるから光が見える 131
「不満を感じない幸福な生き方」は誰でも容易にできる 135
一杯の紅茶が教える「幸せの原風景」 140
「幸運と不運」を上手に均《なら》す 144

第7章

人は必ず誰かに好かれ、必ず誰かに嫌われる

ほんとうの「絆」は命と引き換えである 150
相手をありのままに受け入れられるか 154

他人のことはわからない 157
人脈のつくり方、壊し方 159
夫婦に必要なのは寛大さ 166
「自分の世界」を持っているか 170
弱みを見せられないうちは真の友情は生まれない 174
「最後の砦《とりで》」を用意しておく 177

第8章

「生き抜く力」の鍛え方

人を信じないことから始める 184
「カルネアデスの板」 189
耐える力があれば、人を殺しもしないし自殺もしない 193
進みながら常に退路を考える 197
折り合えるのが大人の健やかな強さ 203

生き延びる才覚を磨く 206
自分の身の丈に合った暮らしをする 212
人は苦しみの中からしか、ほんとうの自分を発見しない 217

第9章

人生を面白くする「知恵」

すべては善と悪の中間にある 224
それぞれの「適役」を見つける 228
自分を笑い飛ばせるか 232
金持ちより「思い出持ち」になる 239
他人の幸せを考える 243
変化を面白がる 247

構成／木村博美

第1章

「思い通りにいかない」と、なぜ人は嘆くのか

「火《か》宅《たく》」が私を鍛えた

努力さえすれば人生は自分の思い通りにいく、と考えている人がいるようですが、その気持ちが私には理解できません。

私は子供の時から、この世の特徴は思い通りにいかないところだと感じていました。それは、私が家庭内暴力の下《もと》で育ったこと、そして戦争を経験したからです。

物心つくころから両親が不仲で、父が母に暴力をふるうのを目《ま》の当たりにしていた私は、この世の原型を「ろくでもないところ」だと思っていました。

父は酒飲みでもなく、女癖が悪いわけでもなく、賭けごとに溺《おぼ》れるわけでもない。真っ正直な人で、人の眼には気さくな紳士に映っていましたが、家庭では狭量な厳しい人でした。母は、父より一分でも遅く家へ帰ることを許されず、私の遠足に付き添ってきていても、父の帰宅時間を気にして、いつも、はらはらしていたのを覚えています。

どうしたら父の機嫌をそこねないでいられるのか。どうしたら母が傷つかないでいられるだろうか。私は毎日、おびえながら暮らしていました。機嫌をそこねると、夜も眠れません。父は私にも手を上げました。顔を腫《は》らして、学校へ行ったこともあります。同級生には、柱にぶつけてしまったとか漆《うるし》にかぶれたとか言ってごまかしたものです。

小学五年生くらいの時でしょうか。母の自殺の道連れになりそうになりました。自殺すると言う母に、私は「お願いですから、やめてください」と頼みました。理由は単純です。ただ、生きたかったからです。頼まなくても、きっと母も死ねなかったと思いますが。

やがて私は「火宅《かたく》」を出て、六十歳を過ぎた両親に離婚を勧めました。母が、父と別れたその夜ほど安心して眠ったことはなかった、と言ったのを覚えています。これで離婚のしがいもあったというものですね。そして、私はいつの間にか、人とは少し異なる家庭環境を与えることで私を鍛えてくれた親の存在に、感謝している自分を感じるようになりました。

家庭に問題があるほうがいいのか、ないほうがいいのかといえば、もちろんないほうがいいに決まっています。

けれど、問題があればあったで、いいこともあります。私は、子供時代の精神的な圧迫のおかげで鍛えられ、その後の暮らしには何だって耐えやすくなりました。

忍耐できるということは、すばらしい自由の手段ですからね。それに、その時、人間観察の基本がつくられたんでしょう。

私は両親の暮らしを見ていて、人間の生涯というものは、どう考えてもろくなものではなさそうだ、と思いましたから、それ以後、不幸にあまり動揺しなくなったんです。何ごとにも一歩下がって見る癖がついたのです。

すると、人間のどんな生活にも、悲しいけれど、人間を鍛える面があるということがわかりました。

もし私が、仲のいい夫婦の子供だったら、たぶん、私は人生の半分しか味わう能力を持たせてもらえなかったような気がします。あの安らぎとは程遠い家庭環境で育っていなければ、おそらく作家にもなれなかったと思います。

人生は「想定外」が当たり前

大東亜戦争が始まったのは、私がまだ小学生の時でした。戦争が起きた理由はわかりませんでしたね。突然、防空演習だ、疎開だと言われ、食べ物から衣料品まで配給制度になったのです。たとえ持っていても、きれいな色の洋服や、着物などを着てはいけなくなりました。それは戦争をやっている国の「国策」に反することでしたから。疎開した先で、私は軍需工場で働きました。何もかもが今でいう「想定外」です。

だからといって、不幸だとは思いませんでした。でも、アメリカの艦載機や爆撃機による空襲が夜通しあって、たびたび、明日の朝まで生きていられないかもしれないという状況になった時は、ほんとうに嫌だった。

一九四五（昭和二十）年の春、東京は何度も激しいアメリカ軍の空爆を受けました。私は十三歳でしたが、みんなでバケツリレーをしたり、落ちてくる火のかたまりを消しました。うちは焼けませんでしたが、裏の家は燃え、近所には一家全員が亡くなった家もあります。

B29と呼ばれた大型爆撃機は、地面をなめるほどに低空飛行で入ってきて、焼夷弾《しょういだん》を落とす。私が嫌だったのは、いきなり殺されることではなく、激しい爆音が上空からのしかかるように迫ってきて、ほんの数秒間ですが、極めて現実味を帯びた死の予告にさらされることでした。

ことに三月九日の夜間から十日の未明にかけて行なわれた、B29三百四十四機による大空襲はすさまじかった。私の知り合いは、焼け出された翌朝、隅田川にかかる橋を渡る時に、無数の小さな雪のようなものが、風に乗ってさらさらと足元に流れてくるのを見た、と言うんです。初めは気づかなかったそうですが、やがて、それは人間の骨のかけらであることがわかった。その夜を含めて、東京では十万人以上もの民間人が焼死したのです。

今の私くらい高齢になると、今晩中に脳溢血《のういっけつ》とか心筋梗塞とかで倒れて死んでもおかしくないと思っていますが、たぶん、そうならない場合のほうが多いだろうとも考えているんですね。しかし、空襲の時は、死ぬ可能性のほうが高いと思っていましたから、ほんとうに怖かった。せめて明日の朝まで生きていられると思っていたい。その時の思いが、私の戦争忌避《きひ》の基本的情熱になっています。


戦争の結果としての貧困も、すさまじかった。日本中が貧しかったから耐えやすかったとも言えますが、日本中が貧しかったから救ってくれる人もいない、という感じがありました。

今なら、たとえば地震で被災した人には、国家としての援助もあるし、遠くに住む親戚から食品や衣料などを送ってもらうこともあるでしょう。しかし、戦争中はそういう援助はいっさいありません。みんな平等に貧乏で物資がなかったから、助けたくても救えない。変な嫉妬などは生まれなかったけれど、国家としても救済する制度がまったくなかったのです。

被災者に対する特別の食料の配給もなければ、避難所も仮設住宅もない。医療派遣も健康保険も生活保護などという発想もない。空襲で家を焼かれたからといって、補償をもらえるわけでもない。

家を焼かれた人たちは、焼け残った他人の家の納屋に勝手にあがりこんだり、廃材を拾い集めて自分で掘っ建て小屋を建てたりして、雨露をしのぎました。親を失った孤児たちの多くは焼け跡をほっつき歩き、物乞いやスリをしてその日暮らしをせざるを得なかった。食べ物がなければ空腹を抱えたまま、垢《あか》だらけのボロを着て雨に濡れて寝るしかない。野良犬みたいなものです。

それでも、みんな必死で生きてきた。

戦争を体験した私たち世代は、東日本大震災にあっても、あまり慌てませんでした。戦争中に、あらゆる思想や国家形態が崩れ、今までの生活環境がすべて壊れていくという現実を骨身にしみて知っているからです。そして、いつ抜け出せるかわからない何年と続いた戦争の恐怖と貧乏の中で、否応なくどんな急激な運命の変化にも危険にも耐えられるように心身を訓練されていたんですね。

現世は、あっという間に豹変《ひょうへん》する

どんな時代にも、どんな個人にも、思いがけないことは起こり得ます。ある程度年をとった人なら、「こんなはずではなかった」ということを、二つや三つは抱えているはずです。それは、お気の毒だ、というより、人間の運命はみんなそうなんですね。

私は、もともと現世は豹変《ひょうへん》するものだ、と思っています。もちろん、「何ごとも起こらないほうがいい」と願ってはいますが、「何ごとかが起きてもしょうがない」という感じで暮らしてきました。

今とりあえず家内安全なら、こんな幸運が続いていいのだろうか、私の健康はいつまで保つのだろうか、と考える。現実を見れば、自分が予想もしなかった病気に突然かかったり、家庭によっては、子供が急に学校へ行かなくなったり、お父さんの会社が倒産したりすることがあるでしょう。細かいことを言うと、毎日が想定外だと私は思っているんですけれど。

私は常々、「女は得よ」と言っているのですが、それは食べたいものを食べられるからです。たいがいの男は自分で料理をしないから、妻が「お父さん、夕飯には何がいい？」と聞いても、たいてい「何でもいいよ」と答えるでしょう。だから、一家の主婦というものは、「あなた、何が食べたい？」と形の上では尋ねるふりをしながら、何十年間も自分が食べたいものを、自分の好きな味付けでつくってきたわけ。そのからくりを多くの男たちは気づいていない。おかしなものね。

その主婦でさえ、「今日は、すき焼きにしよう」と思って冷蔵庫を開けると、忘れていた残り物を見つけて「じゃあ、これを使って炒め物にしようか」となる。サンマを買うつもりでマーケットへ行ったら思ったより高いから、安売りのイカにした、というようなことはいっぱいある。

通勤している人なら、今朝はＪＲ山手線で人身事故があって停まってしまったので、地下鉄を使ってきたけど会社に遅刻した、などということは珍しくないでしょう。

実に、人生は次の瞬間、何が起きるかわかりません。

これはもう何度となく書いていますが、「安心して暮らせる」生活など決してないのですが、まだ世間は平気で使ってますね。

選挙になると、「お年寄りも安心して暮らせる社会をお約束します」などと恥ずかしげもなく大声を張り上げる立候補者は多いけど、そういう言葉遣いをする政治家はウソつきか詐欺師、です。また、そんな政治家を求める有権者は、物知らずか幼稚な人じゃないんですか。人生を知っている大の大人は、なかなかそういう発想にはならないはずです。

ところが、最近、流行語のように「安心」という言葉を乱発する大人たちが増えてきました。「安心して子供を遊ばせたい」とか「安心して仕事を始めたい」とか、「安心して昔のように暮らしたい」などと、学校の先生、保育士さん、親たち、アナウンサーなどが、平気で口にする。東北のある首長さんも、まだ「安心して暮らせる生活を取り戻したい」と言っていました。

あの大震災からいったい何を学んだのでしょうか。たぶん、不幸な出来事から何も学んでいないということなんでしょうね。

いいことは、ろくでもないことと表裏一体をなしています。言い換えれば、悲惨さの中にも笑いや希望は残されている、ということです。むしろ、それが人の世の常というものだから、地震や台風がこなくても、「安心して暮らせる」生活などあり得ないのだし、どん底の不幸の中にも一点の感謝すべき点を見出せる人もいるんです。

人間なら、常に備えて、あらゆる可能性を想定し、対処法を考えておくことが必要だと思います。

人は平等でも公平でもない

さらに、この世は、公平でも平等でもありません。

昔の話になりますが、マリリン・モンローが亡くなった時、検死のあとで初めてほんとうの体重と身長が公表されました。驚いたことに、その当時の私と、まったく同じ。ウソではありませんよ。

それで私は嬉しくなって、まわりの男性たちに「私はマリリン・モンローと同じ身長と同じ体重なの」と言ったら、皆うんざりした顔をするか、信じないか、どちらかです。同じ体重でも、肉のつき方がマリリン・モンローとは全然違いますからね。つくべきところにつかず、つかなくていいところについている。これ一つとってみても、「人は皆平等」などというのはウソっぱちです。

「人間は平等である」というのは、「人間は平等であるように目指す」という意味であって、「実際に平等である」ということでも、「人間は平等になれる」という保証でもありません。日本語が間違っているのです。

ドイツ語には、「ザイン（Sein）」と「ゾレン（Sollen）」というのがあります。ザインは「あるがままの姿」、ゾレンは「あるべき姿」を表わします。人間は平等であるべきだけれども、現在の状態は違う。それをドイツ語は明確に区別していますが、日本では、「ザイン」と「ゾレン」がごちゃ混ぜになってしまっているのです。

これは、戦後教育が悪かったからです。

「みんないい子」という歯の浮くような言葉がありました。しいて言えば「みんないい子になれる可能性はあるし、それを目指そう」ということでしょうけど。平等と公平が何より大切だと教え込まれたから、厳しい現実を正視する勇気を与えられなかった。

皆、決していい子じゃないんですよ。マスコミも、日本人の思考から現実を正視するという視点を奪うことに加担した。そして、いまだに人権、平和、平等などという甘い言葉をそのまま信じることを吹き込んでいるのです。

私たちは、戦後の高度経済成長と、島国のおかげで、局地的紛争にも巻き込まれずに済みました。皮肉なことに、その結果、人生は思いのままになるかのような錯覚を人々に植えつけてしまったわけです。

理想は、どんな状況になっても、現実を見据える視点を持ち続けるべきなんです。そのほうが面白くて楽しいからです。

そして、理想に近づける努力を怠ってはいけない。しかし、いささかでも人間が平等でない以上、そこに必ず差別や上下関係の意識が生まれます。それを悪と言うなら、私たちはまず正面切って、悪と向かい合い、解決の方向に努力しなければなりません。

しかし、人生には思い通りにいかないことが厳然としてある。現実は平等でも公平でもないのだ、ということを認めなくては、人生を見失うと思います。

私はマリリン・モンローのようなグラマラスな女性ではないけれど、たぶんマリリン・モンローにはないものを持っている。誰もが、他人にはないものを持っているわけです。だから、それを各々が生かせばいい。生かすことができれば、たいていの人は平凡であるがゆえに、マリリン・モンローとは別の幸福を手にできるのです。

第2章

うまくいくかいかないかは、やってみないとわからない

なぜ読書が、含みのあるいい人間をつくるのか

最近の日本人は、マニュアルといわれるものがなければ、何もできなくなっているみたいですね。規則がないと、動けない。命令されないと、何をしたらいいかわからない。だから、災害時などの非常事態になると自分では何の対処もできないのです。

非常時には電気が停まりますから、あらゆる制度が一時停止します。通達ができなくなりますから、命令が伝わりません。しかも災害時には、状態が刻一刻と変わっていきますから、すでにある規則は通用しない。そういう中で、一人ひとりが自分に何ができるのかということを見極めて、臨機応変に自分で行動しなくてはならない。その時にこそ、自分がそれまで培ってきた実力と哲学が示されるわけですね。

ところが、あらゆるものに規則があり、それを守ることが何より大事だと教

えられて育った世代は、規則が使えなくなると、どうしていいのかわからない。若者の多くは、規則を嫌うくせに、独自の考え方をすることができないし、たとえ考えられたとしても叱られることが怖いのでしょうね。前例のないことはおそろしくて実行に移すことができません。

だから、規則が適応できない事態が起こると、パニックに陥るか、思考停止になってしまうわけですね。

もちろん、私たちは社会という集団の中で生きていますから、政治的配慮や法律がなければ日常生活も成り立ちません。しかし最終的には、自分の行動を自分で決めるほかない。それしか、後悔しない人生を生きる方法はないのです。だから、それができない人間は、悲劇を生きることになる、と言っても言い過ぎではないでしょう。

にもかかわらず、いざとなると、日本人は平気で決断を他人に委ねてきたところがあります。

戦後の日本の教育は、子供に対して過保護でしたから、子供は親や周囲に甘やかされて、いつの間にか自分では何も決められない人間に育っていく。学校が何を教えようと、間違っていると思うなら、各家庭でそれを正すべきなのですが、そんな勇気を持っている親はほとんどいない。そして、何かあると全部、人のせいにするのです。

規則がないと動けなくなってしまった原因の一つは、本を読まなくなったからでしょう。本には、あらゆる例外的なことが書かれています。

たとえば、私たちは「よく働きなさい、勉強しなさい、努力すればするだけのことはありますよ、〝なせばなる〟ですよ」と教えられる。

しかし、サマセット・モームの『蟻《あり》とキリギリス』という小説はまったくその反対のことが人生にはある、という教えを書いています。

秀才で弁護士の兄と、女たらしで博打《ばくち》好きのぐうたらな弟が登場します。兄はこつこつ働いて手堅く生活し、それなりにいい生活をする。ところが弟は口がうまくて人に好かれるのをいいことに、みんなから借金したり、金持ちの未亡人をたらしこんだりして、夢のように贅沢《ぜいたく》な生活を手に入れる。そんな弟を忌々《いまいま》しく思いながら、兄は何度も弟のしでかした不始末の尻ぬぐいをしてやる。何しろ信用が第一の弁護士ですから、弟の不始末であっても悪評を立てられると困るわけですね。

『蟻とキリギリス』といえば、夏も働き続けた蟻が冬の暮らしにも困らず、夏に遊びほうけていたキリギリスは蓄えもなく冬には死ぬ、という因果応報の寓話《ぐうわ》が教訓的真実だと思われているでしょう。ところが、この遊び人の弟が大金持ちの未亡人と結婚するんです。そして、相手は間もなくころりと死んで、弟に現金とロンドンの屋敷、田舎の別荘、高級なヨットまで、莫大な遺産を残すという筋です。

その時、兄弟を比べてみると、兄貴はよぼよぼの老人のように見えて、弟のほうがずっと若くて生き生きとして見えました、という物語なんですね。

こんなふうに本の中には、エリートになればいい人生を送れるとは限らないとか、性悪な女とは別れたほうがいいと言うけれど、どうしても別れられない男の話とか、しがない生活に安住していた市井《しせい》の人が僥倖《ぎょうこう》にありつくとか、理屈に合わない話がいくらでもある。読書をすれば、世の中はマニュアル通りに片付くほど単純ではないことがすぐにわかるはずです。だから読書は、含みのあるいい人間をつくるんですけどね。

もう一つ、規則がなければ動けなくなったのは、実生活が希薄になったことも大きいと思います。母一人子一人で、食べていくために母親と一緒に荷物を背負って物を売り歩いた、というような体験がないでしょう。自分で考えて切り抜けなくてはならない状況がほとんどないし、あったらマニュアルに頼ろうとする。マニュアルがなければ、これは政治の貧困だから救済策をつくるべきだ、と要求するのがオチです。

昔は、そんなに甘くありませんでした。貧乏で食べられなくなると、まず親戚にたかる。食客《しょっかく》になるか、お金を貸してもらう。それがダメなら、知り合いの成功者の家に住み込んで、お手伝いさんや書生として働かせてもらう。それもダメなら乞食をする。

そうやって、みんな自分で生き延びるための方策を必死で考えました。最後は誰も助けてはくれないと思っていましたから。でも今は、最終的に国家が助けてくれるでしょう。それが当然だと思えば、自分で考えたりしなくなるんですね。

実は鈍才《どんさい》が社会を動かしている

初めの「一歩」を踏み出せない人が多いのも、日本人の特徴です。これは、一つには秀才のせいだと思います。

どの国もそうでしょうが、東京大学法学部を出たような学校秀才が世の中のルールをつくり、社会を率いています。だから何かをしようとすると、それは法令に合うか、前例があるかどうか、上司がうんと言うか、人間関係を乱さないか、現実になし得るためにはどんな細則が必要か、そんなことばかり考える。

完全な見通しを立てようとするから、たいてい実行するまでに至らない。結局は、何もしないことになってしまう場合が多いわけですね。

秀才はもちろん必要ですが、秀才だけでは立ちゆかない。今の政治家や官僚を見ていれば、それがよくわかるでしょう。ことに秀才には勇気のない人が多いから、何もできないことが多いのです。変化の激しい社会には、私のような鈍才《どんさい》も悪くはないのですけれど。

うまくいくかいかないかわからないけれど、とにかくやってみる。やってみて、一歩進むことができたら、二歩目を踏み出す。二歩進めたら、三歩目に取りかかる。鈍才は、将来がよく見えないから、今やっていることにしがみついて、しつこく取り組みます。よく、「石の上にも三年」と言われるのは、昔から鈍才が力を発揮するということが認められていた証拠でしょう。

秀才は原則を固守し、鈍才はいかにしてそれをすり抜けるかを考える。この二本立てが、私は社会の普通の姿だと思っています。もし企業が同じような学校秀才ばかり採用すると、組織が堕落するもとになると言っても過言ではありません。秀才と同じように、鈍才の精神というのも不可欠なんですね。

私が日本財団に勤めていた時、東京・虎ノ門にあった社屋で職員によくこんなふうに話していました。

「うちは虎ノ門の交差点のこちら側にあり、向こう側には霞が関の官庁が並んでいます。霞が関は、できない理由を素早く言える秀才のいるところです。それも許認可のためには必要な才能です。

しかし、うちは虎ノ門ですから、霞が関を見習わないでください。交差点のこちらの虎ノ門には、できない理由を言うのではなく、どうしたらできるか、その方法を考えられる鈍才のいるところにしてください」

と言っていたのです。職員たちは笑って聞いてくれました。人間ができていたんですよ。

霞が関のワルクチは、時々言いました。常日ごろから「ワルクチは当人の前で、褒めるのは陰で」と思っていましたから、大きな声で。でも、まあ、相手は秀才だったせいでしょう。怒った人はいませんでした。

霞が関に詳しい方から聞いたところによると、経歴秀才の中でも十人に一人くらいは臨機応変に対処できるほんとうの秀才だそうです。ところが、秀才は全員、自分がその一人だと思っているので、始末に悪いですよ、ほんとうに。ですから、東大法学部のワルクチはいくら言っても大丈夫。「例外はありますけど」と言っておけば、必ず自分が例外だと思いますから。

おしなべて、今の若者がなかなか一歩を踏み出せないという裏には、やって失敗したらどうしよう、という不安があるのでしょう。何か始めようとすると、すぐに誰が責任をとるんだという話になりますからね。

何もしなければ、自分が非難されることはない。責任が問われるようなことはいっさいしないのが一番いい、という論理になるわけです。だから、だんだん結婚もしなくなるのではないでしょうか。

責任を負うようなことはいっさい嫌だ、というのは、やはり秀才型です。秀才がはびこったのです。私のような、やってみなければわからない、という鈍才型の発想がどんどん衰退してきた、ということですね。

選択は、その人の勇気の証《あかし》

人間は、時々刻々、「選択」という操作をしています。簡単なところでは昼ご飯に何を食べようか、みたいなことですが、それでも時々「何でも結構です」という人がいますから、面白くありませんね。もちろん、もっと複雑で重大な決断や、自分の内面が露呈するような厳しい選択を迫られることも少なくありません。選択は、人間の勇気の証《あかし》だと私は思います。

時にすさまじい決断をする人がいるものです。

私は中年のころに、かなり長い間、断続的に沖縄を取材したことがありました。ある時は、一九四五（昭和二十）年に沖縄を攻めた側のアメリカ人からも話を聞き、アメリカ側の記録もずいぶん読みました。その中で、私の心をとらえて放さなかったのがアメリカの海兵隊員の話です。

沖縄戦は、アメリカ軍の圧倒的な勝ち戦でした。沖縄本島から少し離れた島の人たちの話によると、ある朝目を覚ますと、本島の周囲はアメリカの軍艦や船艇に何重にも取り巻かれていて、水平線がまったく見えなかったそうです。

アメリカ軍は、戦闘部隊が数波に分かれて沖縄本島に上がりました。余裕綽々《しゃくしゃく》の作戦ですね。ジャーナリストの集団も上陸させています。沖縄戦史を書かせるためです。

しかし、戦闘というものはおそろしいもので、アメリカ軍もたやすく占領を果たしたわけではありません。

日本軍はジリ貧でした。反攻の手段は、わずかな小銃と手榴弾《しゅりゅうだん》くらいしか、もはや残っていない。アメリカ軍は、海からの徹底した艦砲射撃で地上を叩く。日本側は軍人も島民も南部に追いつめられ、洞窟に身を寄せ合い、水を汲《く》みに行くために出たところを狙い撃ちされたのです。

それでも日本人は抵抗しました。民間人も加わってゲリラ戦になっていく。一部では、民間人の男たちが二発ずつ手榴弾を持っていることもあったようです。その二発には、全日本人が持っていた暗黙の目的がありました。一発は最後まで闘ったという証に、至近距離に近づいてきた敵に向かって投げる。もう一発は自決用です。

手榴弾には投げ方があって、相手が投げ返さないよう、ピンを抜いて数秒待ってから、敵に向かって投げるようです。敵は、目の前に手榴弾がコロコロ転がってきたのを見て、どんなに怖かったことか。

ところが、その手榴弾の上に身を投げかけて死んだアメリカの海兵隊員がいるのです。

私は後年、専門家に聞いたのですが、やはり手榴弾は、一人が犠牲になってその上に身を投げかければ、周囲にいる多くの人を救えるそうです。自分は粉々になるけれど、まわりにいる数人は致命傷を受けなくて済む。つまり、人のために自分の命を差し出したんですね。自分の身を犠牲にして死んだのは、日本の特攻隊員だけではなかったのです。

そうしたアメリカの海兵隊員はかなりいたと記録されています。十代や二十代の青年たちです。たぶん彼らは、「手榴弾を投げられて、お前が一番近いところにいたなら身を投じて防ぐんだぞ」とは、誰からも命じられなかった。家庭でも学校でも教会でも教えられていない。誰からも習わず、ほんの数秒のうちに自分を犠牲にして他人を生かす道を選んだ。人間にはもともと、そういう美学と哲学が内蔵されているような気がします。

戦後、日本の教師たちは、勇気という美徳をいっさい教えてきませんでした。勇気は戦場でのみ役立つ破壊的なものであり、そんな野蛮な感情は平和の敵だと思い込んだ。とんでもない話です。だから「義を見てせざるは勇なきなり」などという気風は、どんどんすたれてしまいました。

それが、東日本大震災の時、一部の人たちに見られたのは奇跡的でした。

例を挙げると、宮城県の南三陸町で、津波が押し寄せる中、防災対策庁舎の職場に残り、防災無線で町民に避難を呼びかけ続けて亡くなった女性がいらしたそうですね。まだ二十四歳だったそうです。他にも数多くの人が、自分の身を挺《てい》して人命を救助した。やはり、そういう美学が日本人にも内蔵されていたのでしょうね。

普段から非常時を想定して、自分はどう対処するだろう、と考えたほうがいいと思います。自分の命を投げ出して人を助けることができるだろうか、それとも、自分は最後まで卑怯者の生涯を選ぶのだろうか、と。

そのようなことを考える機会がなく、必要もないとする時代が、私たちの体の中に仕組まれた人間性を育てなかったのですから。

ダメなら尻尾を巻いて引き下がる

平凡な言い方ですが、「人間である」というのは、考えて行動する点にあると思います。「考えて行動する」というのは、自分で選択するということでしょう。どんなに小さなことでもかまわないから、とにかく自分の判断でやることです。

やったことの結果は、他人のせいにせず、自分で責任をとる。そういうところがないと、最終的に幸せになれない気がします。何しろ、自分の人生を自分で計画していないのですから。

最近の若者の多くは自信がないと言われますが、十代や二十代のころから自信があったら気持ちが悪い。何度か入社試験の面接に立ち会ったことがありますが、あなたの長所を言ってくださいと聞くと、

「私はリーダーとして、いつもグループの中で活発に働くことができます」

などと、得々《とくとく》と語るんですね。

就職活動のマニュアルに従うとそうなるのかもしれませんが、私なんか小《こ》っ恥《ぱ》ずかしくて、聞いていられない。羞恥《しゅうち》とか含羞《がんしゅう》とか、そういう日本人の美徳はもうなくなったのか、と情けなくなります。

私が自信のあるのは、お腹を壊さないことくらいです。鈍感ですから、人が当たったようなものを食べても大丈夫なんですね。それ以外、自信なんてありません。一生、ないんじゃないかしら。でも最近、ノロウイルスが原因の胃腸炎にかかりましたからね。唯一の自信も崩れかけています。

うまくいくかどうかは、やってみないとわからないけれど、やってみて初めて、自分の能力というものを発見するでしょう。そのチャンスを逃すのは、もったいないことだと思います。自分を卑下《ひげ》することも過信することもなく、自分の持っているものが世間にどう受け入れられるか、ということを楽しんだらどうでしょう。

もちろん、自分がやりたいと思っていても、知識や技能、能力、性格などの点で、雇用者から不適切として拒否されたり見捨てられたりすることもあるでしょうが、それは致し方ない。でも常識的に言えば、日本のようにどんな選択も自己責任においてできる部分が残されている社会なら、必ず、その人なりに納得に至る生き方ができるはずだと思います。

そして、運よく社会に受け入れられて、一歩を踏み出せたら、二歩進み、もしも三歩目でダメだったら、すごすごと引き下がる。尻尾を巻いて、いつでも退散できるという鈍才型の精神も、秀才の精神と同じくらい重要だと私は思っています。

失敗したら、犬が尻尾を後ろ足の間に引き込むようにして、しおしおとうなだれていればいい。大臣とか大企業の社長とか、そうしていられないような立場の人がいるかもしれないけれど、私たち庶民は、半年や一年くらいあんまり人に気づかれずに、うなだれていることを許されている幸福を持っているんです。

「どうしたの？」

と聞かれたら、

「うーん、このごろ、ちょっとね」

というような、実に便利なお茶を濁せる日本語もありますしね。

つらい目にあいそうになったら、縮こまり、顔を伏せ、聞こえないふりや眠ったふり、時には病気のふりもして、時間を稼ぐ。正面切って問題にぶつかる勇気と、そんなふうに卑怯《ひきょう》に逃げまくる姿勢の両方がないと、人生は自然に生きられない。私は、その方法で何度、嵐を避けてきたことか。

あれは、二〇〇〇（平成十二）年に開かれた教育改革国民会議でのことです。委員が提出した個人意見の中で、私は奉仕活動を義務化することを提案しました。私の経験談から言うと、好むと好まざるとにかかわらず奉仕活動に参加した人の中に、それが面白くなる人が少なからずいるんですね。

こういうものには当然、「あんなバカなこと、やれるか」と言う人もいる。人のためにはいっさいお金を出さない、と言明した人にも会いましたし、事実、そういうことは絶対にしない人もいますから、反対者がいるのは当然です。やってみて、もうこりごりだ、と言う人も必ずいますけれど、面白いことに半数か三分の一は「やってみたら結構面白かった」になるのです。それを発見させるのは、ちっとも悪くないんじゃないか、と思ったわけです。

それで、満十八歳の一年間を奉仕活動に動員するという案を出したら、「教育に強制は禁物だ。それはかつての軍国主義的思想の育成につながる」という非難の大合唱の波にさらされたんです。

今でも教育は、「幼児期の教育」と「ある分野に初めて挑戦してみる場合」だけは、強制で始まるものだと私は思っています。子供に朝起きたら「お早う」や、「ありがとう」を言わせるのも、一種の強制ですしね。

茶道、華道の家元の跡取りは、六歳の六月六日にお稽古を始めると聞いています。「道」のつくものは、初めはすべて強制です。そのうちに、その人が教えられた部分を離れて、独自の境地を開くわけですからね。

でも当時は、周囲の反対を「しょうがないな」と思って、すぐに引き下がりました。今でもそれをやれば日本人は短期間に変わると思っています。今のような覇気《はき》のない日本人の精神構造はかなり変わると思いますよ。

一歩を踏み出したからこそ気づく才能

私の中にはいつも、「うまくいかなければ、やめればいいいじゃない」という自然な敗退主義があります。「海外邦人宣教者活動援助後援会（ＪＯＭＡＳ《ジョーマス》）」というＮＧＯ（非政府組織）を始めた時も、資金が尽きたらやめるつもりでした。私には、お金を集める才能はないと思っていましたから。

ところが、意外なことに、私は皆さんからお金を預けていただける性格だった。募金を技術だと思わなかったからだろうと思います。事情をお話しすると、よく理解していただけた。私がやったのは、お金を決して一人で扱わず、必ず数人の承認の下に動かしたことと、他人のお金だろうと、自分のお金だろうと、一円も無駄なことには使わなかったことです。

それで結果的には四十年間におよそ十七億七千万円いただいて、一億七千五百万円、残してきました。

ＪＯＭＡＳのこれまでの経緯は何度も書いているので、ここで詳しく繰り返すのは控えますが、なぜ私がこんな仕事を始めるようになったのか、簡単に触れます。ご存じない方もいらっしゃいますから。

もとはと言えば、私のちょっとした嫌がらせから始まったんですね。一九七二（昭和四十七）年のある日、韓国の出版社から一通の電話を受けました。私の本を翻訳して出版したのだけれど、韓国には（当時）日本の作品に版権料を払う国際法上の義務がないので、翻訳権料は払いません、という内容でした。

払わなくていいなら黙っていればいいのに、律儀《りちぎ》に知らせてきたのです。その正直さに打たれながらも私は少し腹を立てて見せることにしたんです。甘く見られるのも嫌ですからね。

「翻訳権料はいりませんが、わずかでも儲かったら、あなたのお国のどこかに寄付をして、お気持ちをお示しになったらいかがでしょう」と言いました。

すると、しばらくして、未知の一人の韓国人の神父から「あなたの気持ちをもらいました」という連絡があったのです。それがきっかけで、私はその神父が村長をしているハンセン病患者さんたちの住む聖ラザロ村を助けるようになってしまった。これが、第一段階です。

それから十年後の一九八二（昭和五十七）年、私は小説の準備のためにアフリカのマダガスカルに行くことになりました。毎日新聞で『時の止まった赤ん坊』を連載することになった時、私は途上国で働く一人の修道女の生活を書くことを考えていたからです。

当時、マダガスカルの首都から南へ百七十キロのアンツィラベという町で、マリアの宣教者フランシスコ修道会から派遣されたシスター・遠藤能子《えんどうよしこ》が、修道会の運営するアベマリア産院で助産師兼看護師として働いていました。そこで私は修道院に泊まり込んで、数週間、取材を続けたのです。

首都へ戻ってマダガスカル最後の夜を過ごすことになった時、私はたった一軒だけあった高級ホテルの最上階にあるカジノに行くことにしました。賭けごとは好きではありませんが、小説の材料になるかもしれないと思ってエレベーターに乗り、同行してくれた日本人の商社マンに約束をしたのです。

「もしこれで当てたら、あの貧しい修道院に寄付しますね」

軽い気持ちの口約束ですよ。その夜、私は二度だけルーレットで勝負をしました。そして、その二度とも、まったく無駄な目に張ることなく当てるという、信じられない幸運を手にしたのです。その時、私は「神さまはカジノにもいらっしゃるんだわ」と思いました。

こう話すと、さぞかし大金を儲けたのだろうと思われるでしょうが、そこは賭け金の上限が決まっているしょぼくれた田舎のカジノらしくて、私が約束通り置いてこられたお金は、新聞社からのお餞別《せんべつ》を含めて、約三十万円でした。しかし、それはその国では途方もない大金だったんでしょうね。

帰国してから私が知人にしゃべっていたマダガスカルの話で、カジノの話よりもインパクトを与えたのは、アベマリア産院の一泊百二十円かかる保育器のこと。つまり赤ちゃんの入院費のことでした。

「ほとんどの親はそのお金がなくて、赤ん坊を家に連れて帰るから、みんな死んじゃうのよ」

そう言うと、友だちは私に尋ねました。

「じゃ、私が千円送ってあげたら、赤ちゃんを八日間、保育器に入れられるの？」

「そうよ。千円で、死ぬ子も生き延びるかもしれない」

友人たちは、しだいに私に数千円のお金を託してくれるようになりました。そして、その波及が楽しかったので私が雑誌に書いたりすると、聖ラザロ村時代からの支援者の他に、こちらの寄付をしてくださる方も増えてきたのです。

正直なところ、これは私の予想外でした。千円でも預かったら、その千円を確かにマダガスカルに送って保育器を使う入院費に使った、といちいち報告しなくてはなりませんから。人からお金をお預かりしている間、この報告だけはやめられません。そうこうするうちに、ある程度のお金が集まるようになってきました。それで使途を広げて、「海外邦人宣教者活動援助後援会」という小さな組織を発足させたのです。

文字通り、これは、海外で働くカトリックの日本人神父と修道女の活動を助けるための資金と物資の援助を目的とした民間組織です。ただしはっきり規定を設けました。信仰の布教はいっさいしません。教会を建てたり、カテキスタと呼ばれる布教をする人を派遣する仕事には使いません。寄付をしてくださる方には、仏教徒も神道もいらっしゃるんですから。寄付金はすべて、食べられない人のための食料を買うこと、病院や医薬品の購入、それから教育費、それに交通手段がほとんどないアフリカの特殊事情があるので、移動のための自動車の購入に充てました。

スタートする時、まわりから「必ず資金が尽きてくるからやめたほうがいい」とさんざん反対されましたが、私は「尽きたら、すぐにやめます」と言って始めたのですからのんきなものでした。その場合は神さまがお望みでないのですから、やめればいいのです。ですから実は、最初からずっと、寄付金が集まらなくなった時にどう収束するかということばかり考えていました。残ったお金を最後まではっきり使うということも大切な義務ですからね。

神さまが、それをお望みなら続くだろう。けれど、状況がうまくいかなくなったら、歯を食いしばってまですることはない。神さまが、もうやめてもいいとおっしゃっていることですから。しかし続くにしても、まさか、これほど長い年月になるとは考えてもみませんでした。

二〇一二（平成二十四）年の六月、活動四十年になるのを機に代表をやめました。八十歳になり、いつ病変が起こっても不思議ではなくなったからです。今日は元気に働けても、明日は突然判断力を失うかもしれません。そういう事態を避けるために、最初から八十歳で次の世代に任せることを考えていました。

それで、かなり前から後任の人たちにきてもらっていました。ただし、「新しい酒は新しい革袋に盛れ」と言いますから、「今後は、どんなやり方でもいいんですよ」と言って、一億七千五百万円を残して引き渡すことができたのです。

こんなふうに幕を引けるとは思ってもいませんでした。

しかし、ことのなりゆきは不思議なもので、その後また、新しい仕事が始まりました。

昔からつながりのあったマダガスカルには、今でも口唇口蓋裂《こうしんこうがいれつ》という生まれつきの病気を持って生まれてきた子が、形成の手術を受けられないままでいます。昔は「みつくち」と呼ばれて、唇や上あごにさまざまな裂傷があるんです。食事もうまくとれませんし、発音が不明晰《ふめいせき》になります。マダガスカルには充分な技術を持った形成外科医もいず、国に健康保険の制度などないのですから、貧しい親たちはどんな医療も受けさせられません。

そういう子供たちに、昭和大学のドクターたちが無料で手術をしてくださるというプロジェクトができました。ＪＯＭＡＳを「卒業」した四人が「４Ｂ会」というのをつくって、そのプロジェクトのサポートをしています。無一文で前の組織を出てきたので、資金を集めるのも一から始めました。四人とも、八十歳にして再就職したわけです。

ほんとうに、うまくいくかいかないかは、やってみないとわからないものです。

第3章

期待すればするほど不幸になる

好意を期待するのは不幸のもと

ある新聞に、妊婦さんからの投書が載っていました。妊娠して七カ月目くらいからお腹がどんどん大きくなって、つらくてしょうがない。それなのに、電車に乗ったら優先席がいっぱいで、誰一人として席を譲ってくれなかった、というのです。

それを読んで、私はちょっと不愉快でしたね。

妊婦は昔から、つわりがつらくて、お腹が大きくて、何をするにも大変だったものです。でも、妊婦はそれが当たり前なんだと耐えて、母になる準備をしてきたんです。

昔は、優先席などありませんでした。最初からそんなものはない、と思ったほうがいい。誤解をおそれずに言えば、「弱者の席」などつくったから、こういう不幸ができたのかもしれませんよ。

人の好意を期待する、というのは、不幸のもとです。期待すると裏切られることがあるでしょう。期待すればするほど、不幸が増えるわけですね。

私は卑怯だから、期待しないのです。私の心根がいいというわけではなくて、裏切られて不幸になるのが嫌だから、人の好意を当てにしないことにしました。そうしたらとても楽です。でも私は始終、人の優しさを受けています。期待しなくてもいただく時はいただくものなんです。

世の中には、こんな立派な母親もいます。

東日本大震災で、小学六年生の娘さんが津波に流されてしまい、お母さんが娘さんを見つけ出すために重機の免許を取った、という。新聞記事によると、免許を取得したのは震災から三カ月後の六月だそうですから、しばらくは他の被災者と同様、夫婦で手作業の捜索に参加していたのかもしれません。しかし、それではとうてい、らちがあかない。そう思って、重機を扱う資格を取ったのでしょう。

娘さんは八月に発見されました。見つけたのは両親ではありません。しかし娘さんの葬儀を出したあと、その母親は再び重機に乗り、他の行方不明の子供の捜索を続けている、と書かれていました。

すばらしいでしょう。いつだって周囲の状況は誰にも完全な満足なんて与えないのです。だからこういうふうに、自分に襲いかかってくる人生というものをまともに自分で受け止める、という精神がないといけない。誰かが助けてくれるとか国家がやってくれるだろうとか思っていたら、「やってくれない」と不満だらけになります。降りかかってくる火の粉は自分で払う。それが、基本的な「人間である」ということだと思います。

今の時代は、国家も必ず幾分かは助けてくれるし、みんなが飢えているわけでもないから親切な人もいるわけです。震災の時も、もっとも多くの犠牲者を見つけ出したのは、自衛隊と警察、地元の消防団だったでしょう。それも大変な状態の中でですからね。自然な人情から、地元民やボランティアもたくさん手を貸しました。

それには深く感謝して、お世話になればいいと思います。私も以前、足を折った時に数多くの人に助けてもらいました。どれほどありがたく思ったかしれません。

しかし、基本的には自分のことは自分でやる。何ごとも自力で解決をはかる、という決意が人間には必要だと思います。

自分でやってみると、うまくいかないことも当然あります。その時は、ああ、失敗したと悔しがったり、ちょっとうまくいったら大喜びしたりする。そうこうして、人生というものの味わいが深くなっていくものなんですね。

受けて与えて大人になる

好意や援助を受けることやもらうことばかりを求めている人は、どこまでいっても満足感を得られず、永遠に心の平穏を保てないと思います。

なぜなら、人は受けている時は一応満足するけれど、次の瞬間にはもっと多く、もっといいものをもらうことを期待します。心は「もっと欲しい」と叫び続け、いつまでも飢餓感に苦しめられることになりますから。

しかし不思議なことに、自分が与える側に立つと、ほんのちょっとしたことでも楽しくなるものなんですね。相手が喜び、感謝し、幸せになれば、こちらの心はさらに満たされます。

いつも言うことですが、人間は与えることによって大人になっていく。赤ちゃんの時は、おっぱいをもらって、おしめを替えてもらって、何もかもしてもらうでしょう。それが小学生くらいになると、少しは家事の手伝いをしたり、母親の荷物を持ってあげたりするようになる。

社会人ともなれば、給料で親に何か買ってあげたり、たまに旅行に連れ出したりする。そうやって、年をとるにつれて与えることが増えて、壮年になれば、ほとんど与える立場になるわけです。

日本でも戦前は、妹や弟の面倒を見たり親の手伝いをしたりする子供はいくらでもいました。子供が家の仕事を手伝うというのは、子供の成熟を促すし、子供に人生というものを理解させる上で非常に役立つ方法だと思います。

私は、これまで世界の貧しい国々にずいぶん行きましたが、働いている子供はどこにでもいます。田舎に住む子供の多くは、家畜の世話や農業の手伝い、薪運び、米つきなどをして、家族を助けている。町に出ると、市場で荷物を担いだり、路上で靴磨きをしたりして、お駄賃を稼いでいる子供はいくらでも見かけます。

観光客につきまとって、お金をせびる子供たちもいますが、とにかく家族の生活を背負って立っている。厳しい生活の中でも、彼らは決して荒れてはいません。自分の働きで家族が生きられることを知っているから、誇りに満ちているんですね。

私には忘れがたい光景があります。

南米のボリビアで、第二の都市サンタクルスから少し離れた日本人入植地に近い小学校の給食に居合わせたことがありました。貧しくて家でほとんど食べられない子供たちは学校にきても勉強に身が入らないというので、日本からの寄付で給食制度をつくったんです。

お腹が空《す》いているから、学校にこなかった子供たちもご飯食べたさに学校にくる。親たちも食事が出るのなら、と子供を学校に出す。給食の制度ができてから、子供たちは落ち着き、成績もよくなった、と言われて嬉しかったですね。

私が学校を訪れた日のメニューは、ご飯と肉と野菜の煮物でした。肉は、一日おきに卵料理になるそうです。私たちも生徒たちと同じように校庭で給食をごちそうになりましたが、その時、ふと、私は一人の男の子に目を奪われました。小学四、五年生に見える少年は、給食のお皿を真剣な表情でひっくり返さないように持ちながら、小走りで校庭を横切っているのです。

校庭の端っこの木陰には、三人の男の子が立っていました。給食のお皿を持った少年は、三人のところまでくると、一人にまず食べさせ、それから次の子にそのお皿をまわしました。最後に小さな子がお皿を受け取った時、私は先生に尋ねました。

「あの子は、自分の給食を他の子供に食べさせているんですね。あの子たちは兄弟ですか？」

二人が少年の兄弟で、もう一人は友だちでした。給食をもらえる学校にいる少年は、昼食にありつけない兄弟と友だちがそうやって食べにくるのを嫌な顔一つせず、いつも分けてやっているのですね。

その少年が、自分の分をどれだけ確保したか、私は知りません。この子は、他の三人の子を養っている、という感じでした。こういう光景を日本では見たことがありませんでした。

アフリカでは、栄養失調の子供ですら、家族を助けています。

一日に一食しか食べられないような地域で、修道会のシスターたちが栄養失調児のために炊き出しをしているところがあるんですね。大釜で穀物を煮て、お粥《かゆ》をつくる。そこに魚の粉とか芋虫の干したものとか栄養になるものを入れて、お粥をつくる。配給の時間になったら、そこに子供たちがお皿を持って集まってきます。

その中に、赤と白と水色の縦縞《たてじま》模様の大きなビニール製の買い物袋を手にした九歳くらいの男の子がいました。何に使うのだろうと見ていると、その子がお粥をついでもらったお皿をそのまま袋に入れたのです。

私は思わず、「あっ！」と声をあげてしまいました。お粥ですから、当然お皿からこぼれてしまうでしょう。でも、そんなことを気にするそぶりもなく、底がふくらんだ袋を大事そうに持って帰りました。

シスターたちは「ここで食べなくてはいけません」と繰り返し言っているそうですが、彼のようにシスターの目を盗んで、家族のためにお粥を持って帰る子供があとを絶たないそうです。「大丈夫ですよ。こぼれたお粥も、皆で指ですくってなめますから」と言われましたけどね。

アフリカの子供の八割は、そういう子です。ビスケットをあげても、食べないでずっと手に持っている。「どうして食べないの？」と聞くと、家へ持って帰って妹や弟に食べさせたい、と言う。手の湿気でビスケットはだんだん崩れてしまうのだけれど、それでも握っている。

やはり人間というのは、まともな育ち方をしていると、自分より弱い者を助けたいと思うんでしょうね。

日本の戦後教育の大きな間違いは、子供たちに「与えるという光栄」を体験する機会をまったく教えなかったことです。「勉強だけしていればいいのよ」などと言って、子供から与えるチャンスを奪ってしまうから、子供はいつまで経《た》っても大人にならない。もう立派に大人の年齢でありながら、大人の行為をしようとはしない幼稚な人間をたくさん育ててしまったのです。

近ごろは、「引きこもり」の大人も少なくないそうですが、それは小さい時から少しずつ嫌なことやつらいことをさせる癖をつけていないからです。私たちの子供のころは、親から嫌なことばかり言いつけられて、それをしないと、今日のご飯が食べられませんでした。今は、嫌なことはほとんどしなくても、食事に困らないし、冷暖房のきいた家を追い出されることもないでしょう。

面白いことに、自信というものは、つらいことと嫌なことができた時につくものですが、そのチャンスすら失ってしまったわけです。

最近は、自分の得になることしかしない、与えることは損だと考えている中高年も目立ってきました。いよいよ戦後教育のツケがまわってきたんですね。

生き方に優先順位をつける

自分がやりたいと思うことでも、何もかもできるわけではありません。時間も限られていますから、あれもこれもやらなきゃと思うと、ストレスが溜まるばかりです。時間を有効に使うためには、生活に優先順位をつける必要があるでしょうね。

私はそれを二十代の時に、取材でご一緒した新聞記者に教わりました。旅客機を乗り継いで世界を早まわりするという企画で同乗したのですが、その記者は次の空港に着くまで、非常に多くのことをしなくてはいけない。でも、全部は間に合わないことは目に見えている。

その時、その方が「一番大事なものから順にできるところまでやっていって、あとは残っても気にしない」と、おっしゃったんですね。これは人生の一つの生き方だなと思いました。

以来、私は、常に一番必要なことから順序をつけてやっています。その日できるところまでやって終わりにすることにしたのです。年をとるにつれてそれがだんだんうまくなり、やり残しがあっても気になりません。優先順位を五つくらい決めて、高い順に二つくらいできればいい。三つできたら、すごく幸せで、残りはだいたい無理、という感じで生きてきてますね。

まだ若いころ、海外赴任のチャンスがありました。青年海外協力隊のお世話をするポストで、それはほんとうにやりたかった。語学に自信があるわけでもないし、外交はできないと思うけれど、青年たちを守って、いい働きをしてもらう仕事なら「変人の作家」という顔のままでやれそうな気がした。

でも、お断りしました。当時、私は自分の母親と舅、姑と同居していましたから。夫の三浦朱門も、外国勤務は全部断りました。夫婦ともに、やっぱり親を放っておくのはいけない、と思ったわけです。

優先順位を決めれば、必ず捨てなければならないものが出てきます。それは当然のことですから仕方がない。それで、「しょうがないのよねえ」とぼやいているのが、私は好きでした。それ以上、自然なことはありませんからね。


年をとればとるほど、優先順位が大事になってきます。能力が衰えて、今までやれたことができなくなりますから。じゃあ、より大事なのは何か。それを自分なりに決めればいいのです。

優先順位をつけるというのは、何をなくしたら一番つらいかを考えるということでもあります。私の場合は、家族の健康です。家族の命に関わることなら、原稿の締め切りを破ってでも何かをするでしょうね。そうやって最優先するものが一つ決まったら、その次に大事なものをもう一つ、というふうに決めていく。

前に述べた妊婦さんにしても、電車で立っているのがつらいなら出かけなければいいのだけれど、やはりいろいろと用事があるのでしょう。でも、お腹にいる赤ちゃんが大事だと思ったら、買い物はやめるとか、お見舞いに行かないとか、決めていく。そうやって順位をつけて、できないことはあきらめる。はっきり言って、それ以上の生き方はないと思います。

あきらめのいい人、悪い人

私は何を始めるにしても、まず最初に「あきらめる」ということを、遠い先の選択肢として用意しています。他のことはうまくないけれど、あきらめだけはいい。意識的に、ずっとあきらめることに自分を慣らしてきましたから。

スポーツ選手は、「あきらめない」姿勢が賞賛されますが、人間の生涯というのは、「あきらめざるを得ない」ことのほうが圧倒的に多いし、世の中のことはたいていあきらめれば解決する。だから私は、あきらめが悪い人というのはかわいそうだなと思っています。

過ぎ去ったことについても、あきらめきれない人がいるでしょう。たとえば、「やっぱり、あの人と結婚しておけばよかった。親に勧められて今の夫と結婚しなければ、もっと幸せになれたのに」などと未練を持つ。

でも、あの時、あの人の立派さがわからなかったから、結婚をしなかったのでしょう。親に勧められたといっても、それに従ったというのは結局、自分が今の夫を選択したわけです。

皆それぞれに考えて、選んできた。その時、のっぴきならない事情があったとしても、その道を自分で選んだのだからしょうがない。それに何をどうしようと、この世のことは時間的に巻き戻すことはできません。

私は、どの店でお昼ご飯を食べるかというような小さなことは人任せでしたけれど、人生に関わる大きなことは全部自分で決めました。自分の一生ですから、人に任せるのは卑怯だと思ってきたからです。

その時々、それを選択した理由があります。だから結果がどうあっても、私は「しょうがないな」と納得してあきらめる。そういう失敗も含めて、私の人生だと思っていますから、とくに悔悟《かいご》しません。

このごろは、部分的にあきらめることもできるようになってきました。前は、駄作を書くと猛烈につらかったのですが、今はあまりつらくない。「そうだ、人間というのは駄作も書くもんだ」と思うようになりました。

いっとき私は、たくさん書き過ぎるから駄作を書くようになるんだ、と思ったんです。だから十本の短篇を書くのをやめて、一本だけにすればいいのかしらね、と言ったら、夫の三浦朱門が笑って「なあに、九本の駄作を書くから、ややましな一本が書けるのさ」と言うのです。確かにそういう面もあるんですね。

その時によるのですが、編集者に「あんな駄作を渡しちゃって、ごめんなさいね」と言ってもいいですしね。そう言ったらお互いが気まずくなると思ったら、名作を渡したような顔をしている。黙っていればいいのです。

人はそれくらいの形で相手をだましてもいいと思いますよ。駄作を読んだからって、下痢をするというものでもないでしょう。そういうふうに考えるんです。

心の内まで平気なわけではありませんよ。そういう時には、しおれているわけです。でも、そのうち時間が経つと、失敗したことを忘れて、またもう一度やってみよう、と思うようになる。それも芸のうちでしょうね。

そして、心の中のどこかで、ああ、悪いことをしたから、もし今度あそこで書かせてもらうことになったら、いい作品を書かなければいけないな、と一応思っているんですね。思っていて、その次も駄作になるかもしれませんけれど。

第4章

「自分が見たもの、聞いたもの」を出発点にする

良くも悪くもあるのが人生

今の若いビジネスマンは、出張が嫌いだそうです。たいていの人は会社にいたい、と言う。おかしな現象ですね。私なんか若いころ、外へ出たくてたまりませんでしたけど。

もちろん、出張先で不愉快なこともあるでしょう。上司にお供《とも》して、知らないところへ行って、そこで会議や商談などをする。緊張もするし、ほとんど暇もないのでしょうけれど、うまくいけば夜、ちょっと赤ちょうちんくらいは行けるかもしれない。仕事をいっとき離れ、一人で町をほっつき歩けるかもしれない。そういう気持ちがまったくないわけですね。

つまり、外界に興味がない。町に出たら、その土地独特の匂いがして、酔っ払いがくだをまいていたり、変なおばちゃんが突然現われて、おかしなことを言ったりする。そういうことに面白さを感じられないというのは、たぶん、バーチャル・リアリティ（仮想現実）で育っているからだと思います。

まだテレビが小さく分厚い箱型だったころ、画面に映し出されるものと実生活との間には明確な認識の境界線があって、それは常に意識されていました。しかし、広画面で高画質のテレビやコンピューターが普及して、私たちはいつの間にか画面の中だけで、充分世界や人間のことを知ることができるようなつもりになっている。

説明するまでもありませんが、バーチャル・リアリティというのは、非現実であって、決して本物の現世ではないのです。

たとえば居間にいながら、マッターホルンに登頂する映像を観ることができる。だけど、ここには滑落《かつらく》するかもしれない危険もなければ、疲労も空腹も、寒さで手がかじかむという感覚もいっさいない。登山隊の中のあいつがどうも気にくわない、ということもない。

それだけではありません。自分はパジャマ姿でビールを飲みながらソファに寝そべっていても、マッターホルンの頂上を極めた気分になれるわけです。そんなものは、実人生ではないのに、そのおそろしさがわからない。

最近、日に何時間もインターネットをやらないと気が済まないという一種の中毒患者が増えていますが、バーチャル・リアリティに頼っていると、どんどん実生活から離れていくんですね。

私が「本を読みなさい」と言うのは、それを防ぐためでもあります。読書も直接体験ではないのですが、不思議なことに、文字を体験化するというのは、非常に難しいことなんです。その操作の中で自然に辛抱も身につき、哲学も残る。ついでに言えば、私はテレビやインターネットの知識と、本の知識とは、その深さにおいて雲泥《うんでい》の差だと思っています。

話をもとに戻すと、「IT中毒」が怖いのは、人と交わらなくても済む世界だからですね。人間が生活するということは、基本的には生身の人々と関わり合いながら生きていくことです。それは多くの場合、おきれいごとでは済みません。対立したり、誤解されたり、裏切ったり、傷つけられたり、殺したりすることさえある。

しかし、人は愛の言葉もかけてくれるし、労りや励ましも態度で示してくれる。そのすべての現実を受け止めることによって、私たちの人間性は重厚なものになると思うのですけれど。


私たちの子供のころなど、すべてが生身の人間関係でした。

夫の三浦朱門は、当時はまだ田舎だった東京の武蔵境《むさしさかい》で育ったそうですが、小学校からの帰り道は、ランドセルをどこへ置き忘れたかわからないくらい、いつも同級生たちと遊びまわっていたと言います。

遊び疲れてちょっとお腹が空くと、畑の柿の実を一個、失敬する。それを見つけたおじさんが「コラーッ!」と怒鳴って、追いかけてくる。ほんとうに取っ捕まえて、警察に突き出すというわけではないのでしょうけど、みんな一目散に逃げるわけです。同級生の中には、まだ赤ん坊の妹をおぶっている男の子がいて、その子はどうしても逃げ足が遅くなる。それでもみんなで必死に竹藪《たけやぶ》のほうへ逃げる。竹藪を通る時だけは、大人より子供のほうが足が速いらしいのです。

そういう悪知恵とか、柿を盗んだという一抹の罪の意識とか、妹を背負って学校へきている子供がいるんだとかいう重い人生を見て、子供たちも学んだわけですね。良くも悪くもない人生ではなく、良くも悪くもある人生を学んだのです。

子供のころからずっと濃密な現世を生きてきた私たちにとって、薄っぺらい仮想現実など全然面白くない。趣味の問題もあると思いますが、私は、暑かったけれどいい匂いがしたとか、くたびれたけれど感動したとか、そういう体験が好きなんですね。だから私にとって、バーチャル・リアリティはまあ娯楽ですね。私のように年とって、すぐ疲労するようになっている人間には、便利な時間のつぶし方ではありますけど。若者たちの人間性復活のためには、もとに戻って現物主義というか、実物主義にならなければ、希望はありませんね。

タダで得るものからは何も身につかない

足腰の弱ったお年寄りや病気で外出できない人々にとって、テレビはほんとうによいものだと思います。私の舅《しゅうと》も年をとって、どこへも出かけられなくなった時、スポーツや世界の旅行番組を見たりして楽しんでいました。私は、心からテレビに感謝したものです。

しかし、若くて健康な人が労せずして、そんな恩恵に軽々しくあずかってはいけない。何かを得ようと思ったら、やはり対価を払わなくてはいけないと思います。

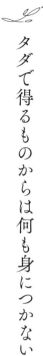

私がアフリカや南米などの途上国で見聞きした話をすると、面白がる人は大勢いますが、実際にそういう旅に誘うと、「行きたい」と言った人は五人に一人くらい、いや、もしかすると十人に一人だったかもしれません。

ほとんどの人は、つらい思いをしたくないんですね。暑いのが嫌、清潔でなくてはダメ。酒が飲めない土地は願い下げ、という人さえいます。とりわけ女性が決まって口にするのは、「危なくないですか?」という質問です。

アフリカではどんな病気になるかもしれないし、道では非常に大きな交通事故がよく起きる。道は当然、未舗装、運転はめちゃくちゃ、車体の整備は悪いですからね。悪路を避けて自家用機をチャーターすることはありますが、墜落するかもしれない。だから気の小さい人は、落ちた場合に救援機に自分たちの所在位置を知らせるための鏡、そして水とビスケットや飴などを携帯したほうがいいのです。でもパイロットに聞いたら、そういう場合、あまり生存できる可能性はないんだそうですけどね。

カメルーンの首都ヤウンデから六百キロ奥地に入ったところにあるピグミーの村を訪ねた時は、現地で武装した保安警察軍の分隊を雇いました。ゲリラに襲われる可能性があったからです。

大手商社を定年退職後、カメルーンにとどまって会社をつくった日本人に聞いてみると、

「そんなことを考えていたら仕事にならないから、襲われたら差し出す金を用意して出歩いている」

と言う。それなら私もいくらか用意して、お金で解決できることならそれで危険を回避しようと思っていました。お金はいくらか隠して残しておけるように、靴の敷皮の下に数枚お札を入れておくくらいのことはすべきなんですけど、私は面倒くさくて、まだしたことがありません。

結局、その時は、カラシニコフ（自動小銃）、ピストル、手榴弾などを装備した兵士五人に護衛してもらって、日本人のシスターが子供の教育に携わっているミンドルウという目的地まで、二日がかりで入ったのです。

こういう旅が危なくないと言ったらウソになりますが、危険を避け続けていては何もできません。実際、マラリアにもかかからず、セスナ機が落ちたこともなく、無事に帰ってこられたのだから、大して危険ではなかったということでしょう。

もちろん、くだらない危険は避けなくてはいけませんね。けれど、そういう経験を何度となくしてきたからこそ、面白いものを見ることもできましたし、退屈しない人生を歩いてこられたんですね。

電気がない、水道がない、食べ物がない、病院がない、バスがない、学校がない、仕事がない、というような、ないない尽くしの土地で見たり聞いたりする話は、胸を打たれるものばかりでした。今の日本人が持っているもののありがたさが身にしみるのも、そういう現実を知ったからです。

「段ボール一枚」の幸せ

日本財団で働いていたころ、年に一度、若手官僚やマスコミ関係者と世界の貧しい国々をよく知るための旅行をしていました。貧しさを知らないと日本は間違った方向へ行ってしまう気がして、日本の将来を動かしていく若者たちをアフリカや南米、インドへ連れて行って現実を見せようと思ったのです。

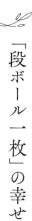

これらの方たちはすべて日本財団の招待ですが、エコノミー・クラスの飛行機、二流のホテルで、そうした人々の日本での暮らしより貧しい生活をしてもらうようになっていました。

ある年、南アフリカ最大の都市ヨハネスブルグを訪れた時のことでした。「スクワッター・キャンプ」と呼ばれる、貧しい黒人たちが住む掘っ建て小屋の並んだ集落を見て、若い官僚の一人が、「外国人向けにつくった見せ物用のスラムだと思った」と言う。日本の将来を動かしていく霞が関の秀才が、目の前の一間だけの小屋、共同水道、共同便所の暮らしを見て、そう言ったのです。これはもう新鮮な驚きでした。

世界的に見ると、今の日本人は現実の生活の厳しさというものに関してあまりにも無知なんです。世界には、生きられない、食べられない、動物に近いような生活をしている、という人たちがどれほどいることか。

前に触れましたが、マダガスカルのアンツィラベというところに修道院が運営する産院があって、そこに日本製の保育器を送ったことがありました。たかが保育器一台なのに、届いた時は、わざわざ司教さまがきて、聖水をかけて祝別（キリスト教で、神への奉仕に充てるために人や物を区別して聖とする祈りや儀式）をして、町のお母さんたちは一張羅を着て踊り、町を挙げて祝ってくださったそうです。

その騒ぎをよそに、産院で働いている子だくさんの未亡人は、保育器が入っていた段ボールの箱にばかり気をとられていました。

「あの箱はどうするのですか。誰にもやらないで、私にくれませんか」

未亡人がしつこく言うので、日本人のシスターは、

「あとであげますよ」

と約束した。一部屋に親子数人が寝ているような暮らしで、家具らしいものもほとんどなかったから、箪笥《たんす》代わりに子供たちの洋服でも入れるのだろう。シスターはそれくらいに思いながら、忙しさにまぎれて段ボールのことを忘れてしまった。何せ、お祝いは二、三日続いたそうですから。

その間、未亡人は約束を取りつけたものの、誰かが先にもらうのではないか

と気が気ではなかったらしく、シスターをつかまえて、

「あの箱はいつくれるんですか」

と催促していました。そう言われて約束したことを思い出したシスターは、段ボール箱を彼女に渡しながら、何に使うのか尋ねてみた。

彼女の借りている家はボロ屋で、屋根は穴だらけだった。雨の日には、床に寝ている子供たちに雨水が容赦なく降り注ぐ。日本製の厚手の段ボールは、平らにして雨よけに子供たちの上にかぶせるためのものでした。それがなければ、子供たちは犬のように濡れて寝るほかはなかったのです。

西アフリカにあるマリ共和国のドゴンという村の近くでは、一人の少年が瘭《ひょう》疽《そ》の痛みに顔をひきつらせているのを見ました。薬はないか、と私たちに聞くのです。日本では短時間のうちに痛みを止めてもらうことができる化膿性の感染症です。しかし、アフリカではまだ多くの人が、治療を受ける方途もなく痛みに耐え続けなくてはいけません。

この世には、私たちが想像できないような過酷な生活がある。よく、日本人

は豊かさを感じられないというけれど、それは、ほんとうの貧しさを知らないからなんでしょうね。今、自分の得ているものを冷静に、地球的視野で評価できないと、本当は損をしているんですけれど。

情報を鵜《う》呑《の》みにしてはならない

日本のマスコミが堕落したのは、悲惨な死体写真を載せなくなったからなのかもしれません。そのほうが優しそうに見えますが、実は現実を正視できない、甘い見方の人間ばかりつくるのかもしれません。

新聞やテレビの方は、読者から「そんなものを出すなんて残酷だ」という非難を受けることをおそれて、見せないのでしょう。

しかし、ほんとうは、私たちはそういう現実を直視しなくてはいけないし、マスコミには当然知らせる義務があるのです。

外国のマスコミの多くは死体写真を掲載しています。ロイターとかAFPとかAPといった通信社も、優れた報道写真をたくさん配信している。私は、日本の新聞社は写真部を廃止したほうがいいと思っています。写真部員が気の毒です。真実を伝えられないのですから、ほんとうのカメラマンは外国通信社に勤めればいいのです。

一番大きな問題は、こうしたささやかな真実さえ、守り通そうという人がいないということです。日本のマスコミは、報道陣としての毅然《きぜん》とした勇気を失ってしまったんですね。とにかく無難に傾くということです。それなら自分も社も非難を浴びなくて済みますからね。

情報について、私たちはどれほどにも疑い深くならなければなりません。新聞に、「出稼ぎの悲劇」と書いてあったら、「ほんとうに出稼ぎは悲劇なのか？」と反射的に思うべきです。型通りの考え方や、真実とは正反対のことまで書きますからね。いじめの原型を見たかったら、今のマスコミを見たらいいくらい。叩くことに決めたら、とことん叩くでしょう。どんな叩くに値する人にも、面白いところはあるし、どんな立派な人にも変なところがある。そうした部分があるだろうということにおそれも持たず、書いても筆力の不足からか書き切れていないし、長く時間をかけて調べる気もないみたいです。

私自身、面白い噂をさんざん立てられました。自分についての情報がこれくらいデタラメなのだから、他人の噂も同じ程度におかしいのだろうと考えて、ゴシップはまったくと言っていいほど信じないことにしています。

私はノンフィクションを書く時、必ず自分の目と耳で調べて書きます。それがジャーナリズムの基本です。その時証拠がなければ、ただの噂話に過ぎません。ところが、現場にまったく行かず、当事者に一人も会わず、自分の気に入るような資料だけを使って書く作家も、現実にいます。専門家でもそうなのですから、他人の目で見たものや他人の噂を鵜呑《うの》みにして、自分の進むべき道をゆがめてしまう人も、実に多いのでしょう。自分はその一人になりたくないですね。

私が日本財団で働き始めたころ、車椅子マラソン大会のことで、知人のカト

リックの神父にも「障害者に、そういうイベントに参加できることを知らせてください」と頼んだことがありました。そうしたら、

「ああいうギャングの組織みたいなところに勤めている人には協力できない」と言われたのです。自分で調べもせずに、そういうことを口にする人はカトリックにもいたんです。でも、現実がそうでなければ、気持ちは穏やかでいられます。自分がそういうことを言う人にならないようにしよう、と思いましたけれど。

日本財団には一時期、まったく現実とは違う黒い噂がありました。創立以来会長を務めていた笹川良一《ささかわりょういち》さんが亡くなられて、後任を考えなくてはいけなかったころです。笹川会長は日本財団を私物化し、大金が笹川ファミリーに流れているとか、監督官庁の運輸省（現・国土交通省）と癒着しているとか、マスコミがこぞってありとあらゆる悪評を書き立てたのです。

私は、日本財団が日本船舶振興会と名乗っていたころから理事の一人として会議に出席していました。そこで、いろんな人と会い、業務の内容も知ってい

ましたが、黒い空気など感じたことはありませんでした。それどころか実に闊達《かったつ》な組織でした。

さんざん悪口を書いた記者何人かに、後年、悪い噂の根拠があったら改めて教えてもらおうと思って会いましたが、記事の裏付けはとれていませんでした。みんな、その時のムードで書くんですね。

ともあれ、日本財団が私のような素人を会長に指名せざるを得なかったのは、そういう当時の事情によるものでした。

新しい会長は理事の中から選ぶのですが、「笹川」という名のつく方も、天下りも許されない。学者がなっても、財界人がなっても経歴に傷がつく。誰が会長になろうと、必ずマスコミに叩かれて、いわれのない中傷を受けそうな状況でした。その点、小説家というのは、もともと正しくて徳が高い人間であるという保証はいらないのですから、失う名誉も地位もありません。そう考えると、適当かなと思ったのです。

「ああいうギャングみたいなところ」と一蹴する人がいる一方で、うちの近所の顔なじみの商店のご主人が、「いいところに勤めたね」と言ってくれました。

理由を聞いたら、その人の子供に知的障害があって養護学校に通っている。その通学バスを日本財団が提供していたんですね。どんな悪評にまみれていようと、自分の目で見て、評価してくれた人がいて、それは嬉しかったですね。

ただし、自分で見たもの、聞いたものがいつも正しいとは限りません。自分の目が暗くて、真実を見抜けないこともあります。私もあったと思いますが、それはそれで「ああ、私の見る目がなかった」と、あとで修正すればいいことです。結果はどうあれ、自分らしく生きたいなら自分で判断するしかないのです。

みんなが右に行ったら、あえて左に行く

まわりに合わせたがるというのは、一番卑《ひ》屈《くつ》な精神のように思えます。人と

同じ行動に走ることは、お祭り騒ぎに似た楽しさや、流行に遅れなかったという安心感はあるでしょう。しかし私には、付和雷同《ふわらいどう》するという勇気のなさを示していてもっとも魅力がないものに映ります。もっと言えば、流行を追って自分もついでにいいことにありつこうとするさもしい計算の結果にも見えて、私はそういう人とケンカもしないけれど、ほんとうの親友にはなれませんでした。

毎年、就職希望の人気企業ランキングを目にするたびに情けなくなることもありますね。ひと昔前の一番勤めたい企業は、日本航空や東京電力（東電）でした。しかし、今や見向きもされない。日本航空は黒字になったから、また人気が出るかもしれません。そんな軽薄な学生は、私がそうした会社のＣＥＯだったら採りたくありませんけどね。

ほんとうのことを言うと、俗に「出世」をしたければ、現在人気のない会社に就職すればいいのです。運命は振り子のようなもので、今上がっている運は、もう下がるほかありませんけど、逆に今、運が下がりぎみの道を選べば、そのうち上昇気流に乗る可能性もあるでしょう。

第一、競争相手が多かったら、普通の才能では芽が出ません。人と同じことをしたがるから競争が激しくなって、自分は重用《ちょうよう》されていないと思い、その結果精神を病んだり命を縮めたりするんですね。人があまり行かない方角へ行き、人が望まないことを志願すれば、競争もなく、楽に自分を発揮できる。これが私の勧める「大穴狙い」です。

もっとも私、日本財団時代、資金を出してくださっているボートレース場にご挨拶に行って、必ずご祝儀に一万円だけポケットマネーで舟券を買うことにしていましたけど、これがてんで当たらない。当たらないから大穴狙いに転じようと思ったこともあるのですけど、それも舟券をたくさん買わなければならないのでダメでした。

生き延びるために行きたくない道を歩け、と言うのではありません。何でもいいから大勢とはとにかく反対の方角で、しかも少し自分が好きなことをできたら、確実に生きられるだろう、と思いますね。

人間は思いのほか、流行に動かされているものです。しかし冷静に考えてみると、「自分は、ほんとうはそんなことを望んでいなかったんだ」とわかってきたり、逆に思いがけなくこういうことも好きだったのか、と自分を発見したりする。世間の評判や人気に関係なく、その人が持っている才能や性格にもっとも合った仕事を見つけなければ、幸せにはなれないと思います。

自分が好きになって選んだ仕事を英語で「vocation」(ヴォケーション)と言いますが、それは「神さまがその人に命じた使命、天職」という意味でもあります。他の人間が理解しようがしなかろうが、神が自分にとって一番いい仕事をお与えになったのだから、それはすばらしいものだ、という認識があるわけです。

「vocation」であれば、たとえばパン屋の職人なら、一生おいしいパンを焼き続けて、実に多くの人々に幸せを与える。そのことを感謝して、胸を張って死ぬことができるんですね。

しかし、日本人は職業や就職の先を、自分が満たされるかどうかより、他人がそれをどう思うかで決める場合が多いから、一向に満たされない。常に時流に乗った会社を選ぶことは事実上できないのです。またそういう精神では、常に不満がつきまとうのは当然でしょう。

「丁字路《ていじろ》で、みんなが右へ行ったら、左へ行っておきなさい」と、私は子供の時、母から教わりました。大した才能はないのだから、みんなの行くほうへ行くと競争の中で生きていけない。そんなことをして人の波に巻き込まれたら、踏みつぶされて死ぬ羽目になる、ということなんでしょうね。

そう教えられた直後、ある有名な神社で初詣でに詰めかけた参拝客が、将棋倒しになって多くの死傷者が出たという事件がありました。大勢の行くほうへ行く、つまり流行を追うということは、精神か肉体の命取りになることさえあるということです。

ぶれない眼力の養い方

母は、「人がこうしているから、私もこうする」ということをいっさい許しませんでした。

戦争中、私が石川県の金沢に疎開していた時のことです。きょうだいでも男と女が一緒に電車に乗ってはならないという儒教的な土地柄で、学校の先生が「男の人に道を尋ねられても答えなくてよろしい」とおっしゃった。

しかし、母は「それはいけません。学校で何と言われようと、知っているなら教えてあげなさい」ときっぱり言い切りました。

それでいて、「夜道でお巡りさんに『危ないから送ってあげる』と言われたら、『いいえ、結構です』と断りなさい。お巡りさんだって信用しちゃいけません」なんですよ。

母は私に、世の中の常識にとらわれず、自分流の考えを貫きなさい、と教えたわけですね。暴力をふるう気難しい夫とずっと生活していましたから、生きるというのはどういうことかを母はよく知っていたのだと思います。常識や世間体に従ったところで、自分たち母子を誰も助けてはくれない。自分の身は自分で守るしかない、ということを骨身にしみて知っていたのでしょう。だから私に、そういう教育をしたのだと思います。

しかも私は一人っ子でしたから、もしかすると孤児になることさえある。だから、親の庇護《ひご》がなくても生きられるように、小さい時からすべての家事ができるように厳しく躾《しつ》けられました。どこへ行っても自分自身の力で生きていけるように、と思ったのでしょうね。小学校の三年生くらいには、ガスでも薪でもご飯が炊けたし、下着も自分で洗っていました。お金の管理についても細かく教え込まれて、小学生のうちに株の売買のやり方まで知っていたんです。株を選ぶなんてことはもちろんしたことがありませんでしたけど。

そして、母はこうも言っていました。

「将来、結婚相手がぐうたらな人で食べられなくなったら、自殺するかわりにすぐ見つかるようなところから盗みなさい」

前にも言ったように、戦前は国家が恵まれていない人の面倒を見るなどという発想がなかったので、食べられなくなれば、最後は物乞いをするか、人から金品を盗むしかありませんでした。母が「すぐ見つかるようなところから盗みなさい」と言ったのは、そうすればその場で捕まって、盗んだ金品は確実に持ち主に返る。同時に、捕まった私はその日から警察で食べさせてもらえるようになる、というわけです。腹の据《す》わり方ではちょっと変わった人でした。

世間はどうあろうと、ぶれない視点を持つということを、私は聖心《せいしん》女子学院という学校からも教えられました。

戦前から戦時中、天皇陛下は現人神《あらひとがみ》とされて、両陛下の御真影《ごしんえい》に誰もが深くお辞儀をしなければなりませんでした。それを宗教弾圧だと言う人もいましたが、カトリック系の修道院が経営する聖心女子学院は、そういうことにまったくとらわれることがなかった。天皇陛下と信仰上の神は次元も認識も違うのですから。

さらにシスターたちは、私たちにこう教えました。

「どこの国にも人間の王はいる。その写真に向かってお辞儀をすることは、国家元首に対する儀礼として当然のことです」

終戦の時、私は中学二年生でした。

進駐してきたアメリカの兵隊のことをＧＩ（Government Issue）と呼んでいましたが、ＧＩたちがコーラを飲んだりチューインガムを噛んだりしながら歩いているのが、当時は新鮮な風俗でカッコよく思えたんですね。でもシスターは、

「絶対にまねをしてはいけません。あれは教養のない人たちのやることです」

と、はっきりとおっしゃっていました。

私を幼稚園の時からその学校に入れたのも母でしたが、子供のころに、そういう教育を受けられたのは、ほんとうに幸運だったと思います。

しかし、耳学問だけでは、自分の眼力を養うことはできません。文字通り自

分の目で見たものや、聞いたことを含め、外側からできるだけたくさんの情報を吸収して、それを読書や体験によって自分の栄養になるかどうかをふるい分ける技術が必要だと思います。

その技術は誰も教えてくれませんし、もしそれを教えたら思想統制になってしまうかもしれない。だから、やはり自分で独学をすることが、魂の自由を失わずに済むからいいのでしょう。

美学を持っていないと、常識に飲み込まれる

近ごろの日本人は、何かにつけて人権という言葉を持ち出しますが、自分がほんとうに納得しなければ言われた通りにしないのが、それこそ人権というものであり、世間が何と言おうとも、「私はこう生きます」という譲れない部分を持つのが、その人らしさでしょう。

人は誰にでも、生き方の中心となる美学、哲学というものがあるべきだ、と私は思います。哲学などというと、難しい印象を受けるかもしれませんが、その人なりの生きていく知恵と言い換えてもいいでしょう。「哲学」という言葉は、英語で「phi-losophy」（フィロソフィー）ですが、これは「知恵を愛する」という意味なんですね。

私は、自分を少し賢くしてくれるものを愛しているのです。人生の深い知恵を持っている人に会い、人生を見抜いているような言葉を聞く時、私はとても得したような気になりますから。

そういう意味でも、本を読まないというのは、損なことですね。本を読めば、古今東西の先人たちの知恵に触れられて、それを始終自分で考えたことみたいに「盗用」して生きられるのに、最近は、読書をしない人が多いでしょう。そういう人は、人生を損しているのです。

そして、自分にとって何を「美」と感じるかは、自分で生き方を選び取ることに通じるんですね。その精神は、少しばかり頑固なほうがいいですね。誰かに理解されなかろうと、どんなふうに思われようと、庶民にとっては大したことありません。それが、自分がいいと信じることを、最終的には静かに命の尽きる時までやる。それが、「人間の美」というものだと私は思います。

しかし、いつも「美学」を貫けるわけではありません。

世間には常識といわれる事柄があります。つまらないものも多いですけどね。常識というのは、たとえば、お葬式の時に赤い洋服を着たり、派手なネクタイをしないということです。ほんとうに、それがいけないと信じているわけではないけれど、赤い服を着ていったら不謹慎だと不愉快になる人がいるかもしれない。だから常識は自分の身を守るためでもあるのですが、同時に、人の心を逆撫《さかな》でしたり悲しませたりしないためでもあるんですね。

つまり、本心からではないけれど、「常識」と言われるものに従うことによって、世の中と穏やかな空気で接することができる。

私たちはいつも、常識と、それを否定するものとの間にいるわけですが、どちらか一方に偏《かたよ》る人というのは、やはり始末が悪いものになります。

私たち作家や画家、音楽家などの世界には、常識を覆《くつがえ》す人がいっぱいいます。私はそういう人に対してわりと寛大というか、むしろその非常識が好きなのですが、普通の人間社会では、常識と個人的な美意識との間で揺れ動くということを、自分に承認しなくてはいけないと思います。

人間社会は、ある意味で妥協なんですね。自分がこうありたいと思っても、そうするためには大きな負債を背負うとか、家族を失うとか、相手の心をひどく傷つけるとか、いろいろなトラブルを招く。それを考えると、ほとんどの人は適当なところで折れるわけです。

夫の話ですが、小学生のころ、貧しいのでお弁当を持ってこられない同級生がいました。当時給食なんてものはありませんからね。

最初、その子に自分の弁当をあげようかな、と思った。でも、そうすると、毎日あげ続けなくてはならなくなる。それはとてもできないと思って、知らん顔をすることにした。そしてずっと、食べられない同級生のそばで、自分は弁当を食べ続けた。

その時、彼は貧しい人を助けるのもつらい、助けないのもつらい、ということがわかったのでしょうね。宗教的な言葉で言えば、その子に負い目を感じたわけです。人は自分の弱みや卑怯さを知った時、人間の悲しみというものに気づいて、私たちが背負う共通の運命に対する優しさも出てくるんでしょう。

私は、部分的には外界に折れていいと思っています。私たち凡人には、それ以外に生きていく方法はないですから。ただ、自分が折れたとか、ごまかしたとか、逃げたという確認をして、一生それに負い目を感じて悲しんでいこう、という気持ちでいます。「私にはできませんでした。すみません」と思うことが誠実でしょうから。

そして、またいつの日か、それを補うことができる機会があれば、ささやかな勇気を持って、美学に殉《じゅん》じるほうに少しでも近づいていけばいいと思っています。

第5章

人生は努力半分、運半分

努力が報われない時、どうするか

五十二歳の時、私は、車二台に水と食料、ガソリンなどを積み込んで、五人の友人と北アフリカのサハラ砂漠を縦断しました。その時、すでにエジプトで長年仕事をしていた考古学者の吉村作治《よしむらさくじ》さんが人員を決めてくれたのですが、選考基準を尋ねたらこうおっしゃった。

「第一に、運転歴が一年や二年でない、車の運転のできる人。第二に、フランス語か英語、アラビア語などの外国語が少しできるということ。三番目は、運のいい人間を選びます」

「どうして、運のいい人でなくてはいけないのですか」

「サハラのような砂漠では、運の悪い人間が持ち込んだ悪運によって、みんなが死にますから」

日本にはない発想ですね。どうやって運のいい人を見分けるのかは細かく聞きませんでしたが、大病をしていないとか、大事故にあっていないとか、勤めている会社がつぶれていないとか、そういうことでいいんだと思いますよ。

そのおかげで、私を含めたメンバー六人の誰一人ケガも病気もすることなく、二十三日間で八千キロを無事に走破することができました。


これも昔の話ですが、旧ソ連がまだ健在で仮想敵国にすることができた時代に、自衛隊の机上作戦（図上演習）というのを取材させてもらったことがあります。

赤組と青組に分かれて、状況を想定して、図上でかなり具体的に戦う。たとえば敵国の赤組が北海道のどこどこに上陸したとする。青組が防戦するわけですが、どういう砲を何発撃ったとか、戦車が何両爆破されたとか、これを一週間にわたって、体を動かすことなく戦い合うわけです。

ありとあらゆる可能性を想定します。当時は、まだ暗視カメラなどなかったので、敵の様子を探りに「斥候《せっこう》を出しました」と言っていました。そうするとすぐに、「月齢はいくつか」と裁定をする人に聞かれるんです。月齢をパッと答えられないと、減点になる。というのも、月明かりによって、斥候が偵察できる程度が変わってきますから。

面白かったのは、作戦を実行した時に、正確な数字は忘れましたが、何パーセントかの割合で「運」という部分を加味するんだそうです。

面白いですね。「勝利間違いなし」と確信した作戦も、偶然によるちょっとした状況の変化で失敗に終わることは、大いにあり得ますから。

ところが、今の日本には、「不運」というものを容認しない人が多い。「運が悪かったんですね」と言うと、「国の政策が貧困だからです」などと怒られます。確かにそれもあるでしょうけれど、この世には運の部分が間違いなくあることを認めることも大事です。そのほうがいくらか責任逃れもできるし……それが人間の思想のふくよかさだと、実は私は思っているのです。

かつて、ベンジャミン・フランクリン（アメリカの政治家・科学者）や福沢諭吉が、努力は必ず報われる、と説いて多くの人に支持されました。しかし、人間社会にはどんなに努力しても報われない時がいくらでもあるのに、と私は思っていたんです。

簡単な例が、学校の入学試験です。合格するためにそれぞれが一所懸命に努力するんでしょうけど、報われない人が必ずいる。入学試験というものがある以上、落ちる人が出てくるのは当たり前のことです。

一九六四（昭和三十九）年の東京オリンピックでは、「東洋の魔女」と呼ばれた女子バレーボールのチームを率いた大松博文《だいまつひろぶみ》監督が、「なせばなる」と言って当時の人々の人気を集めましたが、私は「なそうとしてもならないことがある」と言い通してきました。私自身の生活から見ても、なそうとしてもできないことがたくさんありましたから、「なせばなる」というのは、思い上がりだと感じていたのです。

第一、「なせばなる」のなら、「一億総火の玉」となって戦った大東亜戦争にどうして勝てなかったのか。教養も優しさも持ち合わせながら、多くの若者たちが戦場で戦い死んでいったことを思えば、なせばなるどころか、なそうとしてもなし得ないことばかりでした。亡くなった方たちに、「ごめんなさい」と言うほかはありませんね。

もちろん私たちは、運よりも努力を信じて生きたい。しかし人間の世界には、どんなに頑張っても成就《じょうじゅ》しないことがある。人間の生涯の成功は、決して努力だけで達成できるものでもない。その悲しみを知るのが人間の分際《ぶんざい》であり、賢さだろうと私はずっと思っていました。

人とは違う運命を甘受《かんじゅ》する

私は、かねがね、人生は努力半分、運半分と思っています。体験から言えば、努力が七十五パーセントで、運が二十五パーセントくらいの感じですが、人生は、運と自分のささやかな生き方の方向付けというものの相乗作用のような気がします。

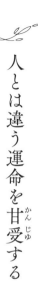

よく、運命は変えられると言う人がいます。それでもいいのですが、私は変えられてもほんの少しだと思っているんですね。百八十度の転換ができるものではないけれど、進む方向を十度か二十度曲げることはできるかもしれない。正面に大きな岩があったら、十度か二十度曲げれば、岩にぶち当たらなくて済む、という可能性はありますものね。

しかし、運命を完全に変えることなど不可能ですし、運命に逆らうことはできないと思います。

人それぞれに運命がある。ということは、一人ひとりが個性的であるということでもあるんですね。だから、人とは違う運命を甘受していく。つまり、自分の運命をフルに使う。それしかないと思います。

たとえば、入社試験を受けて、「彼は入ったのに、私は落ちた」みたいな話がよくあるでしょう。私は自分がもし落ちていれば、必ず、落ちたほうがよかったんだ、と思うたちです。

この前、第一志望の会社に就職できなかったという人に会った時、

「その会社にはすごく嫌な奴がいて、入らなかったほうがよかったのよ」と言いました。「自分の良さをわかってくれない会社なんか入らなくてよかった」でもいいのですが、私はその会社に入っていたら将来、何か自分に悪いことがあるだろうという気がする。そして、受かった第二志望の会社に、自分がやるべき任務があったんだ、と受け取るのです。

これは負け犬の論理かもしれませんが、人間の勝ち負けというのは、そんなに単純なものではありません。私たちが体験する人生は、何が勝ちで、何が負けなのか、その時々にはわからないことだらけです。数年、数十年が経ってみて、もう死の間際までできて、やっとその答えが出るものも多い。永遠に答えが出ないことだってあるでしょう。

楽観主義者だと言われればそうですが、私はうまくいかない時はいつも神さまから「お前は別の道を行きなさい」という指示があったと思うのです。だから運が悪い場合はそこでぐずぐず悩むのではなくて、運命をやんわり受け入れられる心理でいたい。そして、次の運命に協力的になる。自分で望んだわけではないけれど、それによって神さまは私に何をご期待ですか？　と考えるわけですね。そうすると、たいてい運命が開けてくるものです。

事実、最善ではなく次善で、うまくいった人はたくさんいます。

「ほんとうは三井物産か三菱商事に行きたかったけれど、競争が激しくて、入れんかった。それで地方の小さな会社に入社したら、大学を出ている社員も少ないし、あんまり頭の切れる同僚もいなくて、気がついたら社長になっとったわ」

というような人は、実に多い。

「オレは、こんな会社じゃなくて、もっと一流の会社に行きたかったんだ」と嘆くのではなく、「拾っていただいてありがとうございました」という謙虚な気持ちで、一所懸命にそこで働く。そうすると、結構うまくいくことが多いですね。

私は思い通りにならないことを容認できることで、人間はふくよかになっていくと思います。運命を認めないと、人生にいい香りがしてこない。しょった言い方をすれば、それぞれの運命をむしろ土壌にして自分を伸ばそうとする時に、多くの人は運命を変えて偉大になるような気がします。

自分の希望は「登録」しておく

人は、大していいこともしなかったのに幸運を得てしまうこともあるし、逆にどんなに努力しても不運に見舞われることもある。望んでもかなわないこともあれば、意外なことから希望通りになる場合もあります。だから、希望はいつも「登録」しておいたほうがいいと思います。

私の場合、神さまに届け出ることもあるし、まわりの人に言うこともあります。希望をかなえていただけるかどうかはわかりませんけれど、「私はこういうことを望んでおります」と申告しておかなければ、神さまもどう手を差し伸べていいかわからないでしょう。

私が小説家になりたいと思った小学六年生の時は、母親に言いました。私は算数はダメ、運動神経はない。ひどい近視で、絵も描けない。だから、裁縫もうまくできない。でも、作文だけは得意でしたから、作家になるほかないと思っていました。それで、大学時代に同人雑誌に加わったんです。

今は作家になるのは晴れがましいことのようですが、そのころ、物書きは賤業《せんぎょう》、つまり卑《いや》しい仕事だと思われていました。出版界にも、まだ新人賞のようなものはあまりなく、ある出版社が主催していた全国学生小説コンクールがたった一つのものだったので、それに応募しようとしたことがあります。それには学生である証明書が必要だったので、大学に在学証明をもらいに行ったら、「そういうことのためなら、大学は証明書を出せません」と断られてしまいました。それほど、小説家は恥ずかしい職業だと思われていたのです。心理的ストリッパーになるようなものだと思われて、嫌われていたのかもしれません。

しかし私は、当時のそういう屈辱や嘲笑や差別を受けるのを承知で、小説家の道を進むことにしたのです。

どうして一つの職業が時代を経て、これほど違う評価をされるようになったのか、面白いですね。それが世間の軽薄なところでもあります。もとはまったく変わっていないのですけどね。

文学の世界の場合は、一九五五（昭和三十）年に石原慎太郎さんが小説『太陽の季節』でデビューした時に大きく変化したと思います。石原さんは一橋大学の出で、ヨットマンで、しかも石原裕次郎という有名な弟がいて、時代の寵児《ちょうじ》でした。そういう人のやる仕事なら、悪い職業ではないだろう、と世間は思ったのです。

話は少し脇にそれましたが、私が文学に傾倒した十代のころは、一家から小説家志望の娘を出すなどというのは、とんでもないことでした。「曽野綾子」という筆名は、父親に隠れて書くために考えたものです。

母は反対しませんでした。そして、自分の気に入らないことがあると家族の希望を妨げることで罰を与えるようになっていた父の目に触れないよう、密かに助けてくれたんですね。

神さまでも仏さまでも、親でも友だちでも何でもいい。希望は、できるだけいろんなところに登録しておくほうが、チャンスが増えていいと思います。

たとえば、「おいしいチョコレートをつくれる人になりたい」という人がいるとします。最近は、チョコレート専門の職人をショコラティエというそうですが、その道のプロになりたいと親にでも友だちにでも言っておいたらいいのです。

私は甘い物があまり好きではないので、チョコレートづくりに命を賭ける人の気持ちはよくわからないけれど、その人からショコラティエになりたいと聞けば、チョコレートに関することには耳をキュッとそばだてるようになる。専門書も少しは読むようになって、こういう道もあるんじゃないの？　とアドバイスできるかもしれない。

そういう人は自分でもショコラティエになる方法を必死で探すでしょう。

そして、自分のしたいことをやり続けて、うまくいったら大幸運だと思って、深く運命に感謝する。うまくいかなければ、人間には不運ってものがあるのだからしょうがない、でも運というものがあるからこそ、いい時もあるかもしれない、そう考えることですね。

「希望を失う」というのは、人生は自分の努力次第で何とでもできると信じている人の特徴かもしれません。自分の力が半分かせいぜいで四分の三だと信じている人は、希望を失う理由がないのです。

天職を見つけるたった一つのコツ

自分の才能を見つける方法は簡単です。「自分が好きなこと」をやればいい。そうでなければ長続きしません。どんな職業でも、プロと呼ばれるようになるためには継続が必要ですから。

私は、日本は技術国家、職人国家を目指すべきだと思っています。

日本人は本来、すばらしい素質を持っている。勤勉で、誠実で、難しい問題をどうにかして解決していこうとする力がある。たとえば、非常に特徴のある部品をつくっている小さな町工場の経営者は、別に一流大学を出ている必要もないわけで、ただ身に備わった才能で世界に通用する技術を開発した。そういう人たちこそ、日本の宝なんですね。

どんな分野であっても、長い年月そのことに没頭して、寝ても覚めてもそのことを考えているという境地を経ないと、その道のプロにはなれません。だから、子供の学校を選ぶ時は、ほんとうに子供が好きで行きたい学科のある学校にやるべきです。有名校かそうでないか、というようなことはどうでもいい。子供が何をしたいか、ということに一番合う学校へやらなくてはいけないと思います。

好きなものが見つからない、という子供がいるそうですが、それは本人の責任だと思いますから、私はまったく同情したことがありません。中高生になって好きなものが一つもないような子供は、いくらいい学校に行ってもろくな生涯を送れないような気がします。自分の好きなものを見つけるなんて、簡単ではありませんか。やっていて楽しいことの一つや二つはあって当然でしょう。

望みがたくさんあれば、そのいくつかは将来の専門職になる可能性がありますが、望みがない人には進歩もない。これは好きだ、というものがない人が、一番才能のない人だと思います。

以前、ある陶芸家のご夫婦の家に行ったら、そこに五つくらいの男の子がいました。遅くできたお子さんらしいのですが、その辺に置いてある陶土を使って、あっという間に怪獣のゴジラをつくるんですね。ゴジラをこしらえるのは、大人でもたぶん大変です。それを五歳で遊びながらつくってしまうというのは、やっぱり才能でしょうね。だから、できたらそういう天性の才能がある分野で、好きなことをやるのが一番いい。

しかし、たとえ才能がなくても、継続すれば何とかなります。

実は、子供のころの私は、作文が嫌いでした。小学一年生の時、体操と作文が、他の学科より成績が悪かったんですね。

一人娘の私に対して一種の教育ママだった母は、東京文理科大学（旧制、現・筑波大学）の優秀な学生さんを探してきて、家庭教師として招き、私に作文教育を始めました。

後年、母が語ったところによると、私が将来、恋文を書く時と、お金を借りる時にちゃんとした文章を書けなくてはいけない、と思ったそうです。電話さえ、どこの家にでもあるものではなかった時代でしたから、連絡の主な手段は手紙でした。食べることに欠けば、人は借金を申し込むための手紙を必死で書いたものです。

母は、こう考えたようです。私が結婚して、もし夫が怠け者だったり運が悪かったりして親子が食い詰め、一家心中を図りたくなるような目にあうかもしれない。その時に、誰かに借金することができれば、命を救うことができるだろう。だから、先方がお金を恵んでやりたいと思ってくれるようなすばらしい手紙を書ける文章力を身につけさせたい、と思ったそうです。

家庭教師の先生から教わった文章作法の第一は、「書こうとする対象をしっかり見なさい」ということでした。つまり作文というものは、書きたいことと、そのポイントを明らかに探り出してから書き始めなくてはいけないのですね。第二は、「推敲《すいこう》」でした。素朴に書いた文章など、そのままでは使い物にならない。だから、書いた文章は練り直し書き直さなくてはいけない、と教えられました。

期間は一年ちょっとだったと思いますが、そのあとは、母に徹底して鍛えられたのです。母は、よほど私には文才がないと思ったのか、毎週日曜日に、自由課題の作文を一つ書くことを命じて、書き上がらないと外へ出してもらえませんでした。今でも覚えていますが、私は日曜日の朝になるとうんざりしていたものです。早く遊びに行きたいのだけど、作文のノルマがありますからね。とにかく母が読んでみて私を解放してくれる程度のものを書かないと、外に出られないんです。

ところが、いつごろから変わったのか記憶はありませんが、小学五、六年生の時には、自由に文章を書けるようになっていて、大人になったら小説家になりたいと思っていました。

だから、何度も言っていますが、「教育は強制であってはいけない」という説は、間違いなんですね。私は、母にピアノと日本舞踊も習わされました。ピアノは大嫌いだったからすぐにやめて、踊りはしばらく続いたものの、自分でも才能があるとはどうしても思えなかった。今でも盆踊りの輪があると、パッと入る気楽さを養ってくれた程度です。

でも、作文だけは、投げ出すことなく、だんだん定着していった。強制によって、初めは嫌いでも、好きになることもあるんです。そうして、作家になりたいという私の希望はかなったわけですね。

プロになってから今まで、四百字詰めの原稿用紙で十五万枚以上は書いています。今でこそ、書く量は減っていますが、数年前までは年に二千枚以上書いていました。誰でも年に二千枚書けば、うまくなります。どんなに下手でも、凡庸《ぼんよう》な才能でも、とにかく続ければ何とかなるのですね。

先に述べたように、好きなことであれば、どんなに大変でも続けられるものです。

私は半世紀以上の作家生活の中で、一年まるまる休む、などということもありませんでした。三十代にうつ病になった時も、話の筋がまったく動かない心理小説風のものを書いていたし、視力が落ちて六本の連載をすべて休載した時も、ほどなく口述筆記のコツを覚えて、秘書に書いてもらうようになりました。とにかく小説を書くことだけはやめなかった。自分の心を保つためには、本能的に書いていなければならなかったのかもしれません。

男坂を行くか、女坂を行くか

人生は努力半分、運半分と思っていると、生きるのがとても楽ですよ。うまくいったら運がよかったんだ、あの方が助けてくださったおかげだ、と喜んでいればいい。うまくいかなかったら運も悪かったんだ、私の努力が足りなかっただけではないんだ、と思っていればいいのですから。

その点、「自分は絶対に失敗しない」とか、「絶対に引かない」とか、「絶対にやり遂げる」とかいう勝ち気な人は大変だと思います。でも、勝ち気な人だからこそできた、という話もよく聞きます。それもほんとうじゃないかしら。私はただ、そっちの道を選ばなかっただけなんですね。

高台にある神社やお寺などにはよく、そこに通じる男坂と女坂とがあるでしょう。男坂は距離は短いけど傾斜は急で、女坂は緩やかで迂回《うかい》している。どっちを行くかといったら、私は昔から女坂に決まっていました。男坂を歩くと、息が切れてしょうがないですから。

女坂を行く人はたぶん、心臓がそれほど丈夫じゃないとか、鍛えていないから肺活量が少ないとか、そんなことじゃないでしょうか。男坂と女坂のどちらがいいとか悪いとかいうわけではなくて、めいめいがストレスのない道を行けばいいのですね。

幸いにも今の日本は、食べ物に困ることもないし、思想的な弾圧もない。インドやイギリスのような確固たる階級差別もない。九十八パーセントくらいが平凡な庶民です。職業を選ぶ自由もあるし、行きたいところへも行ける。これは、大きな幸福の基盤です。だから、それぞれの歩幅に合った生き方をなさればいいと思います。

不思議なことに、長い人生なら、運の良し悪しはたいてい均《なら》されるものだし、それぞれに思い通りにいかない人生と闘ってきたあとだから、そこに多少の差が出ても納得できるようになる。努力した人が必ずしも富や権力や幸福を得るわけでもなく、怠けた人や頭の悪い人がどん底に落ちることもない、ということの世のからくりの面白さがわかってくるんですね。

第6章

「幸福を感じる力」は不幸の中で磨かれる

人は皆、重荷を背負っている

よく「あの人はお幸せで、ご苦労なしだから」という話を聞きますが、そういう人はいません。私たちは自分が不幸だと感じている時、あの人は幸せだ、あんな幸せな人はいないと思ってしまいがちですが、それは錯覚なんですね。一見、幸福そうでも、みんな重荷を背負っている。見栄っ張りには見栄っ張りの、お金持ちにはお金持ちの苦労があるものです。

地方で旧家と呼ばれている非常に有名な由緒ある家とか、大きなお屋敷に住んでいらっしゃるとか、すばらしいヨットやスポーツカーをお持ちだとかいう人たちがいるでしょう。私も最初はすてきだと思ったけれど、持てば持ったなりの苦労がきっとあるということは、二十歳くらいで、もうわかりましたから、それ以来、羨《うらや》ましいと思わない。夢のない娘でしたね。

昔、ヨットに乗せていただいたことがありますが、私は泳ぎがあまりうまくないから怖いし、潮風がベトベトしていて気持ちが悪い。いつも揺れているから落ち着かない。だから、ヨットを持ちたいという願望もなくなったし、持つと管理が大変だろうなと思いました。

持っている物が多いと管理が大変だということは、七十代になってから実感としてわかるようになりました。私も五十代から少なくとも七十代まではとても元気でしたから、いくらか「拡張思考型」でした。行動も広げて、持ち物もだんだん増えた。けれど、七十代の後半になると、多くの物を管理できなくなるということがわかったのです。

人が羨むような方のところには、必ず大きなつらいことがあるような気がします。庶民的な暮らしの中ならどうにかごまかしていけるものが、荷物が大きいからごまかせない。私ならほったらかして逃げてしまえることでも、そうはできない。そんなお立場の方もずいぶん見てきました。

私のささやかな体験によると、どんな人にも必ずそれなりの幸福があったし、それなりの不幸があった。みんな、それぞれの不幸を抱えて、その人なりに健《けな》気《げ》に対処しているんですね。

私流に言えば、不幸は人間としての属性だと思います。みんな心臓や肺があるように、不幸も内蔵されている。それがもたらす人生の不調とか苦しみとかいうものも、もしかすると同じようなものかもしれない。

たとえば、人は一つの地点しか占められないわけですね。それをしみじみ思ったのは、沖縄に取材で訪れた時でした。

沖縄は先の戦争の末期に、日本国内で唯一、戦場になった土地です。すさまじい艦砲射撃の中で、飛んできた砲弾が爆発すれば、地面に直径十メートル、二十メートルもの大穴が開く。その中に巻き込まれると死んでしまいますが、それより一メートル外側にいた人は生き延びる場合があります。

母と子といえども、同じ地点を占めることはできません。同じように伏せても、母親は生きて、子供は死ぬことがあるわけです。

そういう不安定さを考えると、人間が持っている不幸は、誰も皆、似たようなもの。それが人間を思い上がらせないための、運命というものの実態なんだと思うんですね。

「不幸」ではなく「悲しみ」を分け持つ

不幸にもいろいろありますが、自分の不幸を特別なものだと思わないようにすることは肝心です。食べられないのが一番大変だとか、お姑さんにいじめられることがこの世の最大の不幸だとか、みんな、自分の不幸がこの上なく大きいものだと思うわけですね。

私に言わせると、それは悪い意味で女性的特性だと思いますが、不幸というのは誰にでもあって、しかも比べられないものなんです。

もっとも、中にはほんとうに幸福とは遠かったのだろうと思う人もいました。お目にかかったことはないのですが、時々手紙をくださる方がいて、ご主人が口を開けば彼女のことをののしる冷たい人だそうです。そして、一人息子さんが統合失調症だという。

普通なら、息子がそういう父親から母親をかばうのでしょうが、それもないわけです。ひょっとしたらご主人は、そういう息子さんに対していらだっているのかもしれないけれど、妻に優しい言葉一つかけず、労《いたわ》りさえ見せず、息子さんは自分の殻に閉じこもっている。だから、彼女は一人ぽっちだったんですね。

私は時々、この方のことを考えていました。

うちは夫婦ゲンカもするけれど、病気になれば、お互いに何が食べたいか聞きますし、つらくないように労る暮らしをしてきました。それは人並みの幸福だと思いますが、その方には人並みの幸福もないのかもしれない。もしかしたら人並み以上の不幸を背負っていらっしゃるのかな、と思いました。

でも、ほんとうのところはわからない、と思っているのです。疑っているという意味ではありません。他人の不幸はわからない。だから、わかったと思うな、ということです。どんなに親しくしていても、その人の幸不幸というものは、他者が読めないものだと思います。

だから私は、「相手の不幸がどういうものかわからないけれど、悲しみは分け持ちましょう」というのが好きなんですね。

落ち込んでいる時に、ただ愚痴を聞いてあげたり、一緒においしいものを食べに行ったりする。人間というのは、一日遊ぶと、気分がずいぶん変わりますからね。

そうすると、明日はまた違った陽が差し込む。そんなものです。私なんか、夜、ぐっすり寝たか寝ないかだけで、翌日、ものの考え方が全然違ってきますから。

影があるから光が見える

幸福というのは、誰にわかってもらえなくても、自分が幸せだと思えたらいいわけですね。落語に出てくるような横丁の酒飲みは、みんな幸せでしょう。「お前、そんな安酒飲んで、何が幸せなんだ」と言われても、その人が満足していたら、それで幸せなんですね。

どれほど幸せを感じるかは、その人の才能だと思います。今日も元気で、おまんまが食べられれば幸せとか、愛する妻子がいてくれるだけで幸せとか、狭い家でもコタツがあって、そこでみんなでミカンを食べられたら幸せとか、慎ましさがないと幸せを感じるのは難しいでしょうね。同じ状況でも、「コタツでミカンを食うのは貧乏ったらしい」などと思ったら、幸せどころではなくなりますからね。

たぶん、幸せを感じる才能は生来あるものではなくて、開発していくものなんでしょう。自分自身で鍛えていくわけですね。周囲をよく見れば、自分より幸福そうに見える人もいるけれど、自分より不幸そうに見える人もいる。それを思って、自分が得ている幸福を感謝する。病気の人を見たら、自分が健康であることをありがたく思わずにはいられないでしょう。

私は一度、先天的な強度の近視と白内障が重なって、視力を失いかけたことがありました。幸い、手術が成功して再び視力を取り戻した時、ふと、絵を描きたいと思いました。光を描いてみたかったのです。でも、どうしても描けなくて、絵の上手な友だちの娘さんに電話をしたんですね。高校生だって時には先生ですからね。

「光って、どうやって描けばいいの？　パステルを使いたいんだけど、たとえば黄色を塗って、その上に白を塗るとかすればいいの？」

そんなふうに聞いたら、彼女はこう言いました。

「光を描くには、影を描くより仕方がないんです。光そのものは描けないから」

ああ、そうなんだ、と思った。印象派の絵のように、影を濃く描けば、光が見える。影を深く見つめることによって、光の美しさがわかるのですね。

それで思い出したのが、ヨーロッパでステンドグラスを見た時でした。

ステンドグラスは、たいてい西向きの教会の入り口にあります。そのバラ窓が世にも妙なる美しい光を放つ条件は、教会の中が暗いということなのです。バラ窓がつくられたのは、まだ電気がなくて、灯《あか》りと言えば、祭壇のロウソクくらいの時代です。だから当然、中は暗い。そこでこそ、西陽を受けて燦然《さんぜん》と輝くバラ窓の光が、この世とあの世の幸福の姿を暗示させて輝いたんでしょう。

私は、その時初めてわかりました。ステンドグラスのすごさというのは、不幸と罪と悲しみの中にいる現世があって、そこに西陽が差した時にだけ、この世ならぬほどの美しさと明るさを見せつける、ということをです。

闇がなければ、光がわからない。人生も、それと同じかもしれません。幸福というものは、なかなか実態がわからないけれど、不幸がわかると、幸福がわかるでしょう。だから不幸というのも、決して悪いものではないのですね。荒っぽい言い方ですが、幸福を感じる能力は、不幸の中でしか養われない。運命や絶望をしっかりと見据えないと、希望というものの本質も輝きもわからないのだろうと思います。

もちろん、不幸はできるだけ避けたいし、病気や貧困はすべて解決する方向へ努力すべきです。しかし、人間は幸福からも不幸からも学ぶことができるんですね。病気、失恋、受験に失敗すること、勤め先の倒産、親との死別、離婚、親しい人から激しい裏切りにあうこと……などを耐え抜いた人というのは、必ず強く深くなっています。そして、望ましくなかった経験がむしろ個性となって、その人を静かに輝かせているものです。

日本人が満ち足りていながら、豊かさを感じられないのは、たぶん絶望や不幸の認識と勉強が決定的に足りないからで、世の中も、不幸というものの価値を徹底して認めないからです。不幸はつまり、不平等と社会悪の現われだとしか思わない。そんなもったいない話はないのですけどね。

「不満を感じない幸福な生き方」は誰でも容易にできる

三浦朱門の知り合いの青年が、高校時代にアメリカに留学していた時のことです。高校の階段の手すりに腰を掛けて友人としゃべっていて、バランスを崩して転落してしまった。頭のいい青年でしたが、典型的な優等生ではなくて、少しやんちゃな若者だったらしい。彼は、その事故で車椅子の生活を送ることになりました。

それで母親が、彼を日本に帰すか、自分がアメリカへ行って面倒を見ようとしたら、本人は、

「大丈夫。ぼくが全部一人でやりますから」

と言って、車椅子で大学を受験して入り、大学での生活もほんとうに一人で乗り切った。すばらしい人ですね。

その青年も、ケガをした直後は当然いろいろ悩んでいた。その時一人のカトリックの神父が、彼にこう言ったそうです。

「ないものを数えずに、あるものを数えなさい」

それは慰めでも何でもないと思います。誰にも、必ず「ある」ものがあるのです。でも、人間というのは皮肉なことに、自分の手にしていないものの価値

だけを理解しがちなのかもしれません。自分が持っていないものばかりを数えあげるから、持っているものに気づかないのですね。

私は、日本で生活していてもアフリカを基準に考える癖が抜けません。

アフリカには、人間の原初的な苦悩があります。生きられないということです。貧乏で食料が買えないから満腹したことがない。ここ数カ月、体を洗ったことがない。雨が降ると濡れて寝ている。動物と同じです。病気になっても医者にかかることができず、痛みに耐えながら土間に寝ている。そういう人たちのことを思ったら、私たちの暮らしはどれほど贅沢なことか。

世界の貧しい人たちは、一日に一食か二食、口にできれば、それでごく普通の生活です。日本人は、グルメとか美食とか、食事がどんどん趣味的になっていますが、私など、干ばつに襲われた年のエチオピアで、もう体力のなくなってしまった男の人が地べたに座り込んだまま、まわりに生えていた草をむしって食べていたのを見て以来、どんなものを食べてもごちそうだと思っています。

もっとも、本当に飢餓が進むと、人間の食欲はなくなるようです。救いかもしれませんね。

日本は、山があるおかげで水にも恵まれています。そのありがたさを日本人は普段、意識しないでしょう。しかし、砂漠地帯に行けば、水の貴重さがよくわかります。

あらゆるオアシスは必ず特定の部族が所有していて、そこから所有者の許しもなく一杯の水でも飲めば、射殺されても仕方がない場合がある。砂漠では、携行していた最後の一杯の水を私が飲めば私が生き、その分の一杯の水にありつけなかった人は死ぬかもしれない。水は命の源だから、その管理は信じられないほど厳しいのです。

私たち日本人は、水汲みに行く必要もなく、水道の蛇口をひねれば水があふれるように出て、飲める水でお風呂に入っているし、トイレにも流している。言ってみれば、ワインのお風呂に浸かって、ワインで水洗トイレをきれいにしているようなものです。お湯が出るなんて、王侯貴族の生活です。自分の努力でもなく、そういう贅沢をしていられる国にたまたま生まれさせていただいた。

その幸せを考えないではいられません。

そうすると、少しぐらいの不平や不満は吹き飛んでしまうのですね。これが私の言う「足し算の幸福」です。自分にないものを数えあげるのではなく、今あるものを数えて喜ぶ。そんなふうにスタートラインを低いところにおけば、不満の持ちようがないと思うのですが。

今の日本は、みんなの意識が「引き算型」なんですね。水も電気も医療もすべて与えられて当然、と思っているからありがたみがまったくない。常に百点満点を基準にするから、わずかでも手に入らないとマイナスに感じて、どんどん「引き算の不幸」が深くなっていく。

どうしてこの人は引き算ばかりしているのだろう、と思うことがあります。そんなことをしていたら自分がつらいだけだろう、と思うのですけれど。

私は、心根がいいからなのではなくて、得をしようという下心があるから、今あるものを数えあげようとするんです。そして、これもあった、それもあったと喜んでいる。たぶん、私はわざと「多幸症」を病んでいるんでしょう。

一杯の紅茶が教える「幸せの原風景」

幸福といえば、思い出す光景があります。

アフリカの砂漠の真ん中で、ラクダを何十頭と連れたベドウィンのおじいさんが、一人でお茶を飲んでいる姿です。ラクダの背につけて運んでいた石三個を置いてかまどをつくり、ラクダの背に積んだ薪を燃やし、ヤギの革袋に入れてきた水でお湯を沸かして、紅茶を淹《い》れ、砂糖をたっぷり入れて飲む。手がベトベトになるほど甘い紅茶です。

その時、彼は深い幸福を味わっている。なぜなら、第一に命をつなぐ水を持っている。それだけでも幸運な人です。第二に、紅茶という文明の証さえ持っている。何しろ輸入品ですからね。

そして、三番目に砂糖を持っている。高カロリーがとれるのと同時に、甘さがあります。彼らにとって、砂糖の甘さというのは、人工的に非常に恵まれているという感覚があって、いわば「家族の愛」の証なんですね。入れれば入れるほど甘くなって「ああ、オレは家族から愛されている」という実感につながる。一杯の紅茶で、これだけの幸福がある。日本人は、豊かであるがゆえに、そういうイマジネーションをなかなか持つことができないわけです。

こんな話もあります。国際的な仕事をしている日本人の友だちが、「ぼくは世界のどこへでも行きます、スーダン以外は」と言うのです。

ひと昔前、大変な仕事でスーダンへ行って、やっとの思いである都市にたどり着いた。そして、「食堂」と書いてある店を見つけた。貧しかった時代で、どうせろくな食べ物はないだろうと思ったけれど、とりあえず入ってみた。

「何か料理はできるか？」

と尋ねると、

「食事は出せない」

案の定、食堂のおやじは、そう答えた。

「何ならできるの？」

「お茶ならある」

「じゃ、しょうがない、紅茶でももらおうか」

と言ったら、おやじがこう尋ねた。

「水はあるか？」

「あるよ」

「じゃあ、それをくれ。沸かすから」

なんてことだ、この店には水もないのか、と仲間にこぼしていた。そして、しばらくしてお湯が沸いたら、

「紅茶の葉っぱはあるか？」

と言う。

「葉っぱなら、持ってるよ」

「じゃあ、それをくれ」

そして最後に、こう言ったそうです。

「砂糖はあるか？」

結局、その店の主人は燃料と食器以外、何も持っていなかった。友人は、「ああ、これがスーダンのレストランなんだ」と思ったそうです。

日本人には思いつかない、ウソのようなほんとうの話です。一杯の紅茶について、こんなふうに話が聞ける。そして日本の喫茶店やレストランと比べられる。そのことだけでも、私の人生は豊かだったなと思います。

よき友をたくさん持てたこと、それが私の人生を豊かにしてくれた第一のもの。第二には、私がいささかの危険を冒して、外へ出ていったこと。その結果、多くの友人を持てました。そして、三番目は読書でした。私は、この三つによって、いろんな人生をたくさん見ることができて、幸福も幸運もともによくわかったのです。

「幸運と不運」を上手に均《なら》す

いつだったか、町の産婦人科医を取材した時、ダウン症候群の話になったことがありました。体細胞の染色体が一本多く存在することから発症する疾患で、そういう子供がおよそ八百人に一人の割合で生まれるというのです。

その医院では、年間八十例くらいのお産が行なわれていました。月に六～七人の赤ちゃんが生まれているわけですね。無事に生まれ続けて十年くらいになると、その医師は、「そろそろかな」と思うそうです。八百人に一人という確率ですから、もしかすると、何か問題のある子供が生まれてくるかもしれない、と思うわけです。でも、医師はこう言ったのです。

「考えようによっては、その子は、七百九十九人分の不運を引き受けてくれた英雄なんですね。だから、社会が感謝して、少しでもその子の幸せを守り立てるべきなんです」

いい言葉でした。

そういう時こそ、何ができるのかわからないけれど、社会が動けばいい。あらゆることをして、できるだけ、その子の生活をサポートする。

女性たちがお産をして、無事に健康な子が生まれたら、ダウン症の子たちのためにお金を出すという基金があってもいいと思います。「ありがとうございます」と感謝し、人生は不公平だということを承認して、自分の手で、ほんの少しでもそれを均《なら》すようにするのは、実に人間的なことだと思うんですね。


東京・赤坂の日本財団ビル一階に「スワンカフェ&ベーカリー」という店がありますが、そこでは障害者も働いています。ヤマト運輸元会長の小倉昌男《おぐらまさお》さんが障害者の雇用と自立支援を目的につくったパン製造販売のフランチャイズチェーンの一つで、日本財団が虎ノ門から赤坂に移転する時、喫茶店を併設して開店したんです。

私が日本財団で働いていたころ、記者会見がある日には、そこで焼いているパンを買って、記者さんたちに出しました。「もし多過ぎたら社に持って帰って、残業している方たちにあげてください。ついでに、スワンの店のことも話してください」と声をかけたものです。

今でも近くに用がある時は必ず、そこに立ち寄ります。ハンディキャップのある人たちが自立を目指してつくっているパンなら買ってあげたい、と思う人は私だけではないでしょう。

信仰のあるところは、もっとすごいですよ。

ブラジルで、シスターたちが運営している養護施設に行った時のことです。エンジェル・ベビーと呼ばれている、肩先から数本の指が天使の羽のようについた障害児がいました。世話をしているシスターが、

「この子だけは、まだ養子に行く先が決まっていないんです」

と言うので、ああ、やっぱりこういう子供はもらい手がいないのかなと思ったら、とんでもない。シスターによれば、

「こういう子は人一倍もらい手が多いので、今、どの家庭にしようか、慎重に

選んでいるところなんです」

そこには、健康な子供よりハンディキャップのある子供を育てれば、神さまは倍お喜びになる、という人間の計算もあるわけです。日本にはないタイプの、すてきな打算でしょう。信仰を持つようになると、この世の影にももっと複雑な角度から光が差し込んで、何が光栄かという価値がひそかに逆転することがあるのですね。

第7章

人は必ず誰かに好かれ、必ず誰かに嫌われる

ほんとうの「絆」は命と引き換えである

東日本大震災のあと、「絆」という言葉がもてはやされるようになりました。絆を大切に思うこと自体は自然です。なぜ今さら言い出すのか、不思議なくらいです。正直に言うと、私は軽薄なご都合主義のような感じもしました。私の思い過ごしかもしれませんが、自分が何か災難にあった時に、助けてくれる親戚とか友だちとか組織とかがあったほうがいいわね、と改めて気がつくような、自分が恩恵を受けるほうのことばかりを気にしているような感じがしたのです。

こんなことを言うと、「せっかく芽生えた連帯の機運に水をかけるな」などと怒られるのが今の風潮ですが、本来、絆というのは、それによって得を期待するものではありません。

そもそも絆の基本は、親と同居することだと私は思っています。最近は、

「お前なんかと住むのは嫌だ」という親もいっぱいいますから一概には言えませんけれど、親にだんだん力がなくなってきたら、一緒に住むのが自然なんです。それが一番人情的な絆ですね。

要するに、自分にとって頼りがいのある人との関係を持つことが絆ではありません。むしろ、苦しむ相手を励まし、労働によって相手を助け、金銭的な援助さえもすることが絆だと思います。

私は、「絆とは、相手のために傷つき、血を流し、時には相手のために死ぬことだ」と教えられました。

もちろん誰にでもできることではありませんが、二〇〇一（平成十三）年九月十一日のアメリカ同時多発テロでは、明らかに自分の身を捨てて他人の命を救った消防士たちがいました。彼らだけでなく、世界のどこにでも、危険を冒して相手の命を救おうとした英雄は必ずいたのです。

普通の付き合いで、命まで要求されることはないでしょう。しかし、絆とはそういうもので、一緒に盆踊りやコーラスなどのイベントを楽しむような生易《なまやさ》しいものを指しているのではないと思います。

絆の相手が、いつも礼儀正しく、ものわかりよく、慎み深い人だとは限らない。必ず、その途中で「どうして、あの人は機嫌が悪くなったんだろう」とか、「感謝もなく、図々しくなった」とか波風が立つ。

付き合えば、助けられることや嬉しいこともあるけれど、うっとうしい時もあれば、悪口を言われて傷つくこともあります。生身の人間関係というのはそういうもので、決してきれいごとだけでは済まないのが普通です。

アラブ諸国では、いまだに旅人には自分のパンの半分を割いて与えるという心理的な習慣が残っています。ですから子供でも、自分がもらったおやつを半分私にくれますよ。みんな、人生は苦しみなんだということを知っているんです。

日本でも昔は、焼け出された人がいたら、親戚や友だちが「うちにおいでよ」と言って、さし当たり着るものもあげて、泊めたものです。子だくさんでも、家が狭くても、そうするのが当たり前でした。

もし私が、夫婦ゲンカをして追い出されるか家出をした時、転がり込めて、お風呂に入れてくれて、ご飯を食べさせてくれて、寝ていきなさいと言ってくれる友だちが二人や三人はいます。

私もまた同じように、「うちにいらっしゃい。思い詰めたっていい考えは浮かばないから、とにかく、お風呂に入って、よく食べて、ゆっくりお休みなさいよ」と声をかける友だちが何人もいます。

私のまわりは絆だらけで、それが良くも悪くも人生そのものだ、と考えて生きてきました。だから東日本大震災のあと、なぜ急に「絆」などと言い出したのか不思議だったし、政府や自治体が住まいを用意しないと行くところがない人が大勢いたことに驚いたんですね。昔はほんとうに、親戚の家に行くのが普通だったんですよ。

前にも言いましたが、テレビゲームのようなバーチャルな世界で一人遊びをすることが許された社会で育ち、薄っぺらい人生だけしか見てこなかった人間は、生身の濃厚な人間関係など、どう扱っていいかわからない。今の日本には、誰も皆、人生の苦しみを背負っている、という感覚が日ごろはほとんど欠落していますから、ほんとうの絆はできにくいのでしょう。

しかし、今晩から寝るところ、着るもの、食べるもののあてもないほど困った時に助けてくれるのは、経済的に余裕のある人でも権力者でもなく、苦しみと悲しみを知っている身近な人なのです。

相手をありのままに受け入れられるか

人間関係ほど、難しいものはありません。どんな人でも、必ず誰かに好かれ、誰かに嫌われている。できたら誰にも嫌われないほうがいいけれど、現実はそういうものでしょう。

私は友人に恵まれて、独身時代からずっと続いている友だちもいれば、六十を過ぎてから知り合って、ほんとうにいい友だちになった人もいます。でも、長く付き合っているうちにダメになる場合もありました。

私は長い人生で二人から「あなたとは、もう付き合わない」と、はっきり言われたことがあります。別に何か決定的な出来事があったわけではなく、たぶん温度差のようなものが生まれたんでしょうね。しかも私のほうから絶交したわけではないので、私は仕方なく受け入れることにしました。

心ならずも結果的にそうなったら、それとなく相手から遠ざかり、相手の気分を悪くしないほうがいいでしょう。そして、私はあまりそのことを深く悲しまないようにしてきました。

自分に変なところがあるのはよくわかっていますから、それを許してくださる方と許してくださらない方とがあって、許してくださる人と、感謝してお付き合いしていくほかはないのですね。それが自然ではないかと思っています。

家族と少数の友人だけは、長い年月かかって、あるがままの自分を認めてくれる。だから貴重な存在なんですね。

そもそも人間は、一人ひとりが違う個性を持っています。性格も違えば、考え方や感じ方も異なるし、生活上の好みや習慣も人それぞれです。人は自分とは違う、という深い理解がないと、「そのままで相手を受け入れる」という、いい人間関係は続かないでしょうね。

もちろん友人関係にも相性はあるもので、現実的な考え方をする人でなければ付き合えないとか、反対にお金の話をする人とは、どうもウマが合わないということはあるでしょう。人の生き方に好みを持つのは仕方ありません。立場を変えれば、誰でも、少しは相手のカンにさわるような生き方をしているものです。

しかし、あまり生き方の美学が違い過ぎると、うまくいかないかもしれない。そのあたりは好き嫌いや相性の問題ですから、自分で選べばいいことです。

ただ、人が生まれつき持っている個性は、まず変わりませんね。大病をするなど過酷な運命に見舞われて変わる場合もあるでしょうが、その人の根本的なものはほとんど変わらない。だから、そこをありのまま受け入れられるかどうか、ありのまま受け入れてくれる相手であるかどうか。それが、長続きする穏やかな関係を築く上で、何より大事だと思います。

他人のことはわからない

いくら親しくなったとしても、相手の方は私に「自分の一部」だけを示してくださるわけです。ほんの一部だけ。それだって、私は選ばれた光栄だと思っています。何にも示してもらえない人もいるのですから。だから親しくなったからといって、その方のことをわかっているなんて、これっぽっちも思わないことにしています。

どんなに親しくても、しょせんは別の人間です。性格も、考え方も、感性も違うのですから、人を完全に理解できるはずがない。他人は、ある程度は理解できるけれど、百パーセントは理解できないという人間の宿命があるわけです。

だから自分のことも、ほんとうに理解してもらえるなどということは不可能なことだと思い、あきらめています。

先日も、ある方と話していて、改めてそう思いました。「昔、私の知り合いが曽野さんに会った時に、こんなことをおっしゃったんですって？」とその人は言っているわけです。ところが、その内容が私の考えや好みとはまるっきり反対のことだったんですね。私はそんなことを言うわけがないのです。

他人が他人について言ったことは、ほとんど正確ではありません。細かい事情を知っている人は本人しかいないのに、知らない他人が勝手に言ったり書いたりしたことなど正しいはずがない。

ですから、私は伝記や歴史小説というものをほとんど信じられない。時代小説はいいんですよ、創作ですから。でも坂本龍馬がこう言った、というのは、たぶん間違いです。信じていいのは、龍馬が自分で書いたものだけです。

私の信仰なんてお粗末なものなんですけど、それでも「神さま」と呼ぶべき存在はありますから、いちいち目くじらを立てることもない。神さまだけが

「私が何をしたか」、ほんとうのことを知っていらっしゃる。一番怖いのは、世間ではなくて、自分の内心と、ほんとうのことを知っていらっしゃる神さまだけなんですね。

世間の評判を気にしない、と言ったらウソになります。できたら理解していただいたほうがいいと思うけれど、何とかしてよく思ってもらう必要もない。私生活の真相は他人にわかるはずがないし、また、わからせる義務もないでしょう。評判が良くても喜ばず、評判が悪くなっても、まあ仕方がないと思っていたら、とっても楽なんですね。

人脈のつくり方、壊し方

私がどうしても好きになれないのは、権力主義者です。「偉い人と知り合いだ」と吹聴《ふいちょう》するような人も苦手です。その手の方は、お目にかかって早ければ五分、長くても三十分でわかりますから、そのあとはそれとなく遠ざかればいいだけです。

私たちは何かでお金を稼いで生きていますが、社会的な地位や肩書きはあくまで「現世の仮の姿」であって、その人の本質とは違います。ほんとうの友人関係とは、肩書きや地位などとは無縁のところにあるはずです。相手が出世しても、たとえ失敗して落ちぶれても、変わらない態度で接するのが友だちというものでしょう。

だから、財産を失ったり境遇が変わったりしたことをきっかけに去っていくような友人は、最初からほんとうの友人ではなかったのだと思います。この世には、すべてがうまくいって幸せだけの人はいないはずです。喜びとともに悲しみも共有できる間柄だけが、友だちと言えますね。

私は社交嫌いなんですが、必要に迫られて何かの集まりに行くと、「こちらは、何々銀行の専務の奥さまです」などと、ご主人の肩書きで紹介されることがあります。本人の肩書きさえ不要だと思っているくらいですから、ましてやご主人の社会的地位などまったく興味がないのです。

それに、肩書きや地位が好きな人というのは、それを利用しようとするんですね。私の友だちには有名な人もいますから、「あの方とお親しいんでしょう？講演をお願いしたいのだけど、頼んでいただけない？」などと言われることもあります。そういう時は「お顔を知っているくらいで、そんなに親しくないんですよ」などとウソをついておくの。私は、「あの人と親しい」というのも口外してはいけないと思っています。隠すというのではなく、言う必要がないことですから。

以前、ある名家の奥さまと親しかったのですが、そのことは誰も知らない。ですから、世間はその方が私の家で洗礼を受けたことも知りません。

その方の嫁ぎ先は仏教と関わりの深い家柄でしたが、人生のどこかでカトリック信者になりたいとお思いになったのでしょう。私は布教活動をいっさいしませんし、他人が「どうして？」などと聞くようなことではないので、理由は知りません。ただ洗礼を受けたいけれど、どこで受けていいのかわからない、とおっしゃるので、神父さまをご紹介して私の家でご用意したのです。

そのことは何十年も黙っていましたが、その方のお葬式の時に隣に座った女性が小さな声で「彼女、カトリックだったそうね」とおっしゃるので、私は腰を抜かさんばかりに驚きました。どうしてご存じなのか伺ったら、「自分で話してらしたわよ」と言われて、ほっと安心しました。みんな知っていたようですけれど、私の口からは一度も言ったことはありませんでした。

人には、子供のことや仕事のこと、経済のこと、病気のことなど、それぞれ事情があります。たまたまある事情を一人の友人に打ち明けたとしても、もしかしたら他の人には知られたくないかもしれません。それを勝手に他人に話すのは、どんな些細なことであれ、人間関係においてはルール違反だと私は思うのです。

そんなふうに厳密に考えない人もいるでしょうし、これは生き方の趣味の問題ですから、私がとやかく言うことではありません。しかし、私は「黙っていることの美学」に昔から憧れていたんですね。こんなおしゃべりが何を言うのかと笑われそうですが、私は下らないことは大いにしゃべり、大切なことはこれでも黙っていたつもりです。

「あの人はどういう人なの?」とか、「あの方は離婚しているの?」などと聞かれても、他人のプライバシーに関しては徹底して何も言いません。たとえ知っていることでも、知らないで通しました。

でも、ほんとうのところ、私はプライベートなことはほとんど知らないのです。奥さまが亡くなったとか、お子さんはお嬢さん一人だとか、それくらいの話は聞いていますが、奥さまとは再婚同士だったというような話になると何も知らない。

知らなくていいと思っていますから。私にとって、その人と付き合う理由は、他人に示してくれてもいいとその人が感じた外的な性能や性格の範囲でしたから、深奥の部分はその人の聖域と考えて踏み込まなかったのです。

もちろん、これは私の好みであって、知り合いのお友だちにさらに紹介するという付き合い方もあるでしょう。けれど、私はそうではない付き合いのほうが多かった。

友だちが多いせいか、よく「人脈ってどうすればできますか」と聞かれますが、答えは簡単。逆説的ですけれど、知己《ちき》であることを利用しないことです。そうすれば、人脈は自然にできているんです。


利害を持ち込むといえば、借金なんて最たるものですね。

私は、母から「絶対にお金を貸してはいけない。あげなさい」と教えられました。たとえば親友で、「ああ、あの人だったら」という相手には、長年親しくしてくださった心に対して自分があげていい分だけ、あげなさい、と言うのです。

保証人になってもいけません、と十代から教えられたので、保証人になったこともありません。よく思われようと考えないから、断るのは、わりと平気なんです。

いつだったか、夫が友だちに借金を申し込まれたことがありました。すごく親しい方だったからこそ、返ってこないのを覚悟であげたほうがいいんじゃないですか、と私は言いました。

はっきり言うと、「お金の関係」ができると、もう友人じゃなくなります。また、ろくに知らない人にお金を貸してと言う人は、そのことだけでおかしいですからね。

お金の関係と人間関係は別だ、と言い切れるほど、凡庸な私たちは賢くありません。だから金銭的なつながりがおかしくなると、必ずそれは友情に響いてきます。自分がいいと思うだけあげてしまって、ついでにそのことを忘れてしまえば、それ以上の破綻を生むことはないですものね。

友人関係は利害なしですから、遠隔操作であっても、お金に結びつくようなことをやったらダメというのが、私のルールです。あとは物好きで、付き合っていく。「メザシ食べにこない?」とか、「うちの畑でとれたトマトがおいしいから、いらっしゃいよ」とか。私の場合は、純粋に食べ物でつながっている。知的でもないんです。

夫婦に必要なのは寛大さ

東京の浅草で育った人の話ですが、彼らは、お昼を食べようと近所のそば屋を覗《のぞ》いて、知っている人がいたら、入らないそうです。気づかないふりをして。「おう、元気か」と声をかけるほうが親切な場合もあるでしょうけど、そこには、気心が知れた相手でも煩《わずら》わしく思うかもしれない、という配慮がある。

また、町を歩いていて知人を見かけても、視線を合わさず、すうっと行き過ぎるという。いらないことで人の心に立ち入るものではない、というのが、「東京士人」の礼儀なんですね。

私は聖書で習ったのですが、愛の条件に「礼を失せず」という言葉があります。たとえば、お酒を飲み過ぎて吐いたとか、宴席で上役の悪口を言い出したとか、そういう礼を失することをしたり、礼を失するものを相手に見せてはいけない、ということです。

ある組織のトップの方は、「酒を飲んで一度でも乱れたところを見せた人間はダメだ」と言う。怖い判断ですね。

私は、「状況によっては、一度くらいあってもいいんじゃないですか」と言ったのですが、「いや、一度でもダメです」なんです。

私の父は下戸でしたし、夫の三浦朱門も酒飲みではなかったので、よくわかりませんが、いろいろな人間をたくさん見てきた方がおっしゃるのですから、そうかなと思います。

夫婦でも、相手が嫌がるようなことはしないのが礼儀です。たとえば、うちの場合、夫は賭けごとが嫌いだったんですね。理由は聞いたことがないのでわかりませんが、とにかく嫌いだというから、あえて逆らいません。でも、彼は「しちゃいけない」とは言わないのです。

ある時、家で友だちとマージャンをしたことがありました。夫が「ここに皆を呼んでもかまわないよ。ただ僕は加わらないで、そばで本を読んでいるから」と言ったので、私はマージャンをやったんですけど、彼は言った通り、そばに寝転がってずっと本を読んでいました。

相手の嫌なこともしないけれど、好きにさせておいて自分は加わらない。聖書の中には、イエスの言葉で「アフェテ・アウトゥス」というのが何度か出てきますが、これはギリシャ語で「彼らをして、……させておきなさい」、つまり彼らが選んだことを自由にさせておきなさい、という意味なんですね。

それは、人に対する礼儀だと思います。彼らを認めているから、彼らの選択を認めるということです。

こういう寛大さがなかったら、結婚生活は地獄になると思います。お互いに理想はあるだろうけれど、現実は、その通りにはいきません。ですから、その通りにいかないということを、夫婦で笑って楽しむような空気がないと、いたたまれないと思うのです。

私は、両親の地獄のような結婚生活を見ていましたから、結婚相手に求めたものは唯一、「寛大さ」でした。三浦朱門は、命に関わるようなことでもない限り人は皆それぞれ、という考えの人ですから、私がしたいと思うことを妨げないし、何かできなくても文句は言いません。家事もできるから、私が外出しても、原稿を書くのに忙しくて夕食の支度ができなくても、平気です。

寛大というか、いい加減ですね。私が仕事で迎えにきてくださった編集者と出かけたあとに電話がかかってきて、

「曽野さん、いらっしゃいますか」

と聞かれたらしい。すると彼は、

「いないんです。さっき誰か男の人と出ていっちゃいました」

と答えたそうで、秘書があきれて笑っていました。その通りなんですけれど、表現がちょっと幼稚でしょう。でも、気楽でした。

普通の人にはなかなかないだろうと思うのは、結婚してから自由を与えてもらったということ。これはすごいことだと思っています。

「自分の世界」を持っているか

私が友だちとサハラ砂漠の縦断旅行を決めた時、

「そんな旅をすると、友情に傷がついて、帰ってから付き合わなくなるわよ」

と言った人がいました。

砂漠を縦断するのは大変だから、お互い何だかんだ文句が出てケンカになるだろう、ということなんでしょう。確かに、一度、隊長だった吉村作治さんと私はお互いに怒っていたのです。

車二台で縦断したのですが、私がある日、持っていった缶詰のどれを開けるか尋ねたんですね。鮭缶にするか牛肉の缶詰にするか、という程度のことなんですけれど、

「今晩、何にしますか」

と聞いたら、吉村さんが、

「今、タマネギを切っているので、考えられないです」

と言ったのです。

あの方、偉いですよ。砂漠では、生タマネギのスライスが健康のもとなので、とにかく毎食、まずタマネギを切ってくださるんです。でも、その時、私は、

「タマネギ切ったらいいってもんじゃないのよ」

と言ったらしい。帰国してから吉村さんに聞かされたんですけれど、覚えがなくて。

「言いそうだわねえ」と答えましたが、私のあの態度は何だということで、腹が立ったんでしょうね。でもサハラに行った人たちは一人もケンカをして絶交することもなく帰ってきました。

振り返ると、メンバーは全員が、自分の専門職を持っていたんです。考古学者、プロのカメラマン、車のメカニック、電気関係の専門家など、みんな特殊技能者でした。

三百六十度まわりは砂漠で、他には誰もいないし、しゃべることもほとんどない。みんなが何を求めてサハラにきたのかも、聞かないから知らない。それぞれの考えでサハラに対峙《たいじ》して、めいめいの世界を持っている。けれど、共通の安全、共通の食料などの確保についてだけは協力するわけです。

「めいめいの世界」を持つということは、実に大事なことなんですね。その後もサハラのメンバーで東ヨーロッパ全域、南ヨーロッパから北アフリカに至るルートなど何度も遠征をしましたが、とくに問題は起こらないし、いまだに性懲りもなくお互いに嫌がらせを言ったりしながら、お付き合いを楽しんでいます。

風通しのいい関係をつくるためには、互いにもたれ合うのではなく、それぞれが自立していることが必要なのです。

女性に多いパターンですが、何でも同じ、何でも相手のことを知っていないと気が済まない人がいます。「あなたもこう思うわよね」と同じ意見を強要し、いつも行動をともにしたがる。ひどい人になると、「私に黙って旅行に行った」などと怒り出す。こういうのは友人関係ではなく、単に群れているだけです。自分という「個」がきちんと確立していないから、人と同じでないと安心できないわけですね。

女性に限りません。日本は群れ社会ですから、まわりに合わせていないと不安になる人が少なくない。裏返して言えば、周囲に合わせない人は受け入れない。それは、自分とは異なる価値観を拒絶するということにもつながっていきますから、かなり怖いことのような気がします。

六十歳になった時、同級生たちと還暦のお祝いで韓国へ旅行に出かけたことがありますが、それぞれに興味の対象が違うんですね。

町でも博物館でも、見る視点が違って当然です。買い物でも、キムチを買いに走る人もいれば、「焼き物を見ると我慢できないの」と言って、陶器を山ほど買っている人もいる。それを見て、「死ぬまでに使い切れるの?」と茶々を入れたり、「今度、サワラの西京漬でも焼いて、その器で出してよ」と、ごちそうにあずかろうともくろんでいる人がいたり。お互いに同調もしなければ、けなすこともなく、そのまんま違うことに驚いて、喜んでいました。

それぞれが自分の生き方と好みをきちんと持っていて、自分と違う人を拒否せず、かくも違った人がいることに驚いて笑っている。みんな、年はとったけど、すごく「いい女」になったなあ、と嬉しくなりました。

自分をしっかり持っていれば、他人と無理やり合わせたり、同じでなければつまらない、などという発想は生まれてこないものです。他人は違うから面白いのだし、まったく自分と違う発想をする人がまわりにいるから精神的に豊かになる。相手と違う意見を述べたからといって壊れてしまうような関係なら、壊れても仕方がない。むしろ壊れたほうがいいという気さえします。

弱みを見せられないうちは真の友情は生まれない

自分の弱みを見せられないうちは、社交はあっても、真の友情は生まれないでしょうね。みっともないところも受け入れてもらえるのが、ほんとうの友だちです。私は無理をしないで付き合いたいから、泣き言も言えば、ダメな部分も見せます。

中には、社交が好きな人もいるでしょう。それはその人の好みの問題ですから、ちっとも悪いことではありません。でも、私は社交が好きではないので、よく知らない人とお体裁だけの付き合いがどうもできないのです。

私は、小説以外は下手だと言われてもまあ平気なんです。別に仕事でなくても、料理でも裁縫でも何でもいいと思いますが、これだけは人に負けないというものが一つでもあると、ずいぶん気が楽になって、あとのことは突っ張らずに済むんですね。

たとえばガーデニングが得意なら、「裁縫はダメねえ」と言われても気にならない。それだけでなく、「あなたの洋裁の腕はすごいわねえ」と相手のいいところを素直に認めることができます。

苦手なものは得意な人に聞いて、時には好意に甘えてやってもらうのもいいですね。たいがいやってくれますよ。たいていの人は根が親切ですし、誰でも自分の好きなことをやる時には機嫌がいいものです。

私は、わりと料理をつくるのですが、切るのは下手なんです。幸い、うちには私より絶対に包丁さばきの上手い人がいるので、その人に切ってもらいます。二人いたら、別に下手なほうが必死でゴボウをささがきにしなくてもいいでしょう。私のほうは、手抜きがうまいから料理するのが速くて、その点では使えます。

そういうふうにして、それぞれのいいところを使い合うというのが、私は好きなんですね。そして、自分の才能のないところを引き受けてもらった人に、尊敬と感謝の念を持つわけです。

何度も言いますが、人間は一人ひとり違います。誰もが、その人のルールで生きています。だから自分の考えを押しつけないのはもちろんですが、私はもう一歩進めて、「許していただいている」と思うことにしています。

誰だって自分と違う性質の人に対しては、時には不快感を持つのですが、私という存在を許してくれている人に、私は感謝をせずにはいられません。

私のダメなところも、変なところも、友人たちはみんな許してくれている。

そうした思いに立てば、たいていの友人はありがたい存在ですからね。ケンカなんかする理由はないのです。

「最後の砦《とりで》」を用意しておく

会社に勤めていると、苦手な上司や同僚は必ずいるでしょうし、嫌な取引先とも、付き合わなくてはいけない。そういう時は、もう覚悟を決めて、自分は機能の一部になったと考えたほうがいいと思います。

私は六十四歳から日本財団に会長として九年半勤めました。それまで組織の中で働いた経験は一度もありませんでしたし、不特定多数の人と会う機会もほとんどありませんでした。私はもともと社交には向いていなかったのです。

一見社交的なように見られますが、性格は小さい時からずっと自閉的で、何とか人付き合いをせずにできる仕事はないかと考えていました。その仕事が小説家だったんですから。

単なる社交なら避けることもできるけれど、財団にせよ勤めに出れば、仕事上の任務として逃げるわけにはいきません。一日に数百人の人と会う日もあったのです。そこで、頭の後ろに特別なスイッチがあると思うことにしました。日本財団の会長として働く時は、そのスイッチをパチン！　と入れる。ただ今から別の人間、というふうに、いつもと違う自分に切り換えるわけです。

そうして、今日は五時間、あるいは十二時間、とにかく自分を停止して私らしくなく働く。毎日ではなかったからできたのかもしれませんが、そういう切り換えをしていました。

上司が自分のことを正当に評価してくれないとか、部下が指示通りに動かないとか、そういうこともよくあるでしょう。愚痴をこぼしたくなる気持ちはわかりますが、上司はいつも部下のことをしっかり見てくれているはずだとか、部下は必ず上司の命令に従うべきだとか、信じているほうが間違っているんですよ。人間というのは、誤解したり期待を裏切ったり反抗したりするように、むしろできているのですから。

ところが最近は、上司のご機嫌取りをする「イエスマン」が多くなったんですね。オリンパスの粉飾決算が明るみになった時、元社長のイギリス人、ウッドフォード氏が、「日本人の経営陣はイエスマンばかりだったから、あのような結果になった」と談話を発表していましたが、確かにそういう面はあるでしょう。

イエスマンはどの分野にもいます。日本の官庁にも会社にもマスコミにも、芸術の世界にも増えました。学界にも、出世のためなら何でもする醜悪なイエスマンが多くなった、と教えてくれた人もいます。

理由は明白です。戦後、物質的な安定を人生の目標にする人が圧倒的に増えて、ものを言う勇気を失ってしまったからです。自分はこういう生き方が好きだ、と思い、こうあるべきという信念を持ったら、言うべきことは言い、時には命を賭けても自分の信念を通すべきだ、などと誰も言わなくなったんですね。

はっきり言って、イエスマンでは幸せになれないと思います。会社をクビになったら大変ですから、いくつかは「ノー」と言って、あとは従う「分割イエスマン」という手があるかもしれません。しかし、「百パーセントイエスマン」で、自分を全部殺してしまったら終わりです。

そうならないためには、いつでもやめる覚悟を普段から持つことです。いざとなったら、クビになっても何とか生きていける道を用意しておく。自分らしく生きるためには、誰でも、万一の場合を考えて、最後の砦《とりで》を持つべきだと思います。

私も、作家になって以来、ほとんどずっとマスコミの言論弾圧にさらされてきました。例を挙げると、一時期、マスコミはこぞって中国を礼賛したことがあります。少しでも中国の悪口を書くと、署名原稿であっても書き直しを命じられ、それを拒んだらボツになりました。その時、私は書くことをやめようかと何度も思ったものです。

もし物書きとして働けなくなったら、どうするか。夫が死んだら、どうするのか。私は一人で幼い息子と親を連れて、食べていかなくてはいけない。その時のことを本気で考えて、いつでも就職するつもりで、週に一度、読売新聞を買いに行ってました。読売は新聞の中で、求人欄が一番多かったんですよ。当時、バキュームカー（屎尿《しにょう》を汲み取って運搬する車）の運転手は、なり手がなくて、給料がよかったので、万一の時はこれで働こうと覚悟を決めていました。

四十代で眼が悪くなった時は、鍼灸師《しんきゅうし》になろうと考えていました。私は指先に眼がついていると感じられる時があって、本当は天性の鍼灸師なんです。

それに私より眼が悪かったある大学教授は、「鍼師《はりし》の免許を取ろうと思っている」とおっしゃって、すでに専門学校に通っていらっしゃったのです。とても爽やかなものを感じました。そうやって、私も人間として最後に生きる道を見つけていたかったんですね。

女房と子供のためには、今の仕事をやめるわけにはいかない、という人も多いでしょう。家族の生活をみるというのは、ほんとうに意味のある立派なことです。でも、それだけでは、あまりにも痛ましい。犠牲だけの人生というのは、何かウソめいたものを感じます。そんなに犠牲を払って、英雄にならなくてもいいと思う。私たちは凡庸でいいのですから、どこかでちょっと破れ目をつくって自分のしたいこともする、という人生くらいが妥当だと思います。

贅沢を言わなければ、逃げ道はたくさんあるはずです。今の生活のレベルを落としたくないと思うから、他の選択肢がなくなるのです。

基本は、素朴な衣食住を確保すること。どうにか生きていければいい、と自分に言い聞かせ、妻にも子供にも吹き込むことです。家族は反発するかもしれませんが、そこで学び、成長することもあります。私は、誰かに魂を売らずに生きていかれたら、それほどすばらしい人生はない、とずっと思ってきました。

第8章

「生き抜く力」の鍛え方

人を信じないことから始める

いつの時代も儲け話や詐欺師に引っかかる人はあとを絶ちませんが、ひと昔前は、今ほどだまされる人は多くありませんでした。大人たちは子供に「世の中には悪い人がいるんだぞ」と必ず教えたし、私の若いころは、個人的にも教育してくれる人たちがいっぱいいいたんですね。

一九七五（昭和五十）年に私が中国の北京に行った時のことです。日本の外交官の奥さんが私のホテルの部屋に訪ねてきてくれて、挨拶が終わるや否や二人でパッとラジオをかけました。一番大きな音量で。二人の会話は当時、当然盗聴されていると思われたからです。北京では最高級のホテルでした。だからこそ、たぶん盗聴されているだろう、ということだったのです。

それを逆手にとって利用している人もいました。

「ここは、便利なんですよ。『しょうがないなあ、このホテルは。石けんの補充もないんだから』とわざと独り言を言うと、翌日、石けんがちゃんと置いてあるんですよ」と言う人もいたのです。

充分に用心深くて、臨機応変の対応もできる。実に多くのそういう賢い人たちに会えたおかげもあって、私も人を疑う癖が身についたのです。

中年になって、「海外邦人宣教者活動援助後援会（ＪＯＭＡＳ）」というＮＧＯの組織をつくったころには、集めたお金は途上国のどんな組織に渡しても、必ず一部は盗まれる、それもかなり多くの部分を「偉い人」に盗まれるという事実を知るようになっていました。

つまり、援助したいところに届くまでに誰かがポケットに入れてしまうわけです。可能性としては、その国の大統領も、大臣も、市長も、村長も、院長も、医者も、教師も、軍人も、警察官も、司教も盗みます。「教会関係者が盗むはずがない」というような日本的常識はいっさい通用しません。

そういうお金の漏れを防ぐために、私たちは集めたお金を海外で働く日本人の神父か修道女にあずけて、彼らの監視の下で使ってもらうことにしました。さらに私は、どんな僻地《へきち》でも足を運んで、全額が目的通りに使われているか、自費で「査察」することにしたのです。アフリカでは、人を見たらドロボーと思っていなければ、援助活動などできません。

東京の街頭で、「アフリカの子供たちのために寄付をお願いします！」と叫んでいる人がいても、私は決して献金しないと思います。まず、その人が詐欺師かどうかがわからない。さらに今言ったような理由で、アフリカではほんとうに困っている子供たちにお金を届けるということが非常に難しい。私の根性が悪いから、そう思うのではなく、それが世界の常識です。

以前、東南アジアのある国が毎年サイクロンで被害を受けるので、どうしたら援助金を有効に使えるか、現地のことをよく知っている人と話し合いをしたことがあります。とりあえず、「現金を持って行くのが一番いい」というのが二人の結論でした。

現地で困っているおばあさんを見つけたら、その人にパッと現金を握らせる。

えこひいきでも何でもいいから、困っている人に手渡すのが一番確実だろう、と思いましたけど、これもダメでしたね。

それを誰かが見ていたら、私たちの渡した現金をそのおばあさんから全部取り上げるでしょう。そのうち、私たちが大金を持ち歩いていることを知られたら、今度は私たちがお金目当てに殺されてしまうかもしれない。だから、危なくてできませんね、という話になったのです。

日本なら、皆が親切で正直だから、被害にあった人に無事にお金をあげられます。けれど、外国では危なくてやれない。そういうイマジネーションが瞬時に働く人間を日本で育てなくては援助などできません。

日本人は国内の穏やかな社会に馴れているから、いい年の大人まで、人を疑うことは悪いことだ、などと思っている。「他人の国に侵入する人間なんかいませんよね」と言う人までいるのですから、国防も真剣に考えない。外交でも、言うべきことをはっきりと言えない。常に相手との力の均衡を保つだけの度胸もなければ、駆け引きも下手なんでしょう。

疑うということは高度な精神の働きだと私は思います。私たちは自分の目に入るすべてのことを、すべて一度は疑うべきです。人を疑う力がなければ、ほんとうには人を信じることもできません。

有名なら信じるとか、反権力者はヒューマニストで、貧しい人は心がきれいだとか、いとも簡単に決めてしまう人がいるけれど、そんなものじゃありませんからね。そう思うのは、人間というものはなかなか相手を知り得ない、という恐れを知らないからです。

普通、私たちは、名前はその場で知らされても、個人的に内面に触れたことのない相手を信じる何の根拠もない。そこで極めて人間的な防衛本能と人間解釈の機能を駆使して、初めて人間理解を通して一つの信頼に到達することができるのです。

それに、最初から人を信じていなければ、もしだまされても裏切られても、穏やかな気持ちでいることができます。

逆に、だまされたり裏切られたりしなかった時は、その幸運を素直に喜ぶことができますからね。相手がドロボーだと思っていると、実際にはドロボーでない人のほうがずっと多くて、「ああ、私の根性が曲がっていた。世の中には、こんないい人もたくさんいるんだ」と、幸せになれるんですね。

「カルネアデスの板」

人間というのはいいこともするし、非常に悪いこともする。「みんないい子」という教育は大きな間違いでした。みんないいこともするけれど、悪いこともするのです。

キリスト教は、聖書に「正しい者はいない。一人もいない」とあるように性悪説の立場をとっています。

人間はそもそも弱いもの、間違えるものであって、切羽詰《せっぱつ》まれば、どんなひどいことでもしてしまう。しかし、神の教えや、愛の理念によって、今よりは上等な人間になれるのだ、と考えるわけです。

百パーセントの善人がいないように、百パーセントの悪人もいません。人間は、神でも悪魔でもない。どっちにもなれないから人間なのです。しかし世間では、得てして神の如き善人やヒューマニストと、悪魔のような悪人をでっち上げます。

私流に言えば、人間には「性善」と「性悪」が同居しているわけですね。これは、法律でも承認されているんです。

生と死がせめぎ合う極限状況の例として、「カルネアデスの（舟）板」というのがあります。カルネアデスという古代ギリシャの哲学者が出したといわれる有名な問題です。

一隻の船が難破して、乗組員が大海原に投げ出されてしまった。一人の男は流れてきた一枚の板きれにすがりついた。そこにもう一人、同じ板にしがみつこうとする男が向かってきた。しかし、二人がつかまれば板そのものが沈んでしまい、共倒れになる。そう考えた男は、自分が生き残るために、あとからきた男をとっさに突き飛ばして溺れさせてしまう。この男の行為は、罪になるのか？

救助された男は殺人罪で裁判にかけられたが、無罪だった。二千年以上も前の寓話《ぐうわ》ですが、この判断はそのあとも受け継がれ、現代日本でも刑法第三十七条の「緊急避難」という法律で認められている行為なのです。

だから私は、「どうぞ、船が沈まないようにしてください」といつも祈っています。単純に卑怯なんですよ。沈まなければ、自分も溺れ死ななくて済むし、人を溺れさせなくてもいいわけですから。

私は子供のころから、自分の乗っている船が沈没して、救命ボートで何人かと漂流している場面をよく想像していました。その時、水筒の水をキャップ一杯ずつしか飲んではいけないのに、私は必ずみんなの目を盗んで二杯飲み、他の人たちが寝ているすきに最後の一枚のビスケットを食べてしまうだろう、と思いました。そういう自分の中の「悪」がむき出しにならないよう、非常事態が起きないでほしい、と願い続けてきたのです。

この間、同級生と話していて、自分が「異常」だと思ったのは、狭い知人の範囲の中でですが、非常事態に対して、私ほど備えている人間はいないことを知った時です。

私は東日本大震災が発生した時、神奈川県の海辺の家にいました。地震とともに電気が止まったのですが、そこには、ロウソクをはじめ電池の予備を入れると五百時間以上は保《も》つはずのランタンもあり、困ることはありませんでした。水は屋外タンクに二百リットルは貯水してありました。

東京の自宅には、水はペットボトルに二百本以上、一人一個ずつの寝袋も、ヘルメットも、食料の備蓄もありました。食料なんかたぶん、三人家族で一カ月はゆうに何も買わずに生きていけると思います。お米は五十キロくらい、麺類も缶詰も相当あります。調味料、トイレットペーパー、ティッシュペーパー、洗剤、小型のガスボンベなども、いつもかなりの備蓄があります。

事前にそんな用意をしておいたのは、自分が非常時に水がなくて人をぶん殴ってでもペットボトルを奪い取ったり、お腹が空いてスーパーに乱入したりしたくないからなんだ、とはっきりわかって、面白かった。あまりの用意のよさに、震災のあとで友人たちから寝袋とかランタンとかいろいろ買っておいてと頼まれてしまったんですけれど。

耐える力があれば、人を殺しもしないし自殺もしない

私たちは、もう少し「苦労人」になったほうがいいと思います。日本人は、誠実で賢い国民です。世界に比べれば、教育の水準も高い。しかし、決定的に足りないのが、苦労を受け止めて逆境に耐える力です。

昔流に「人生は忍耐である」などと言われたら、ちょっと反発を感じますけれど、生きている限り、「我慢しなければいけないこと」は必ず起こるんですね。

しかし、戦後の日本は幸運でしたから、外界の変化に耐えられないような人間しかつくらなかった。暑さ、寒さ、汚さ、不便さ、それから失敗、屈辱などに耐えられない弱い人間しかつくらなかったのです。

はっきり言うと、これは教育の敗退なんですね。戦後、数十年に及ぶ日教組（日本教職員組合）的教育の責任です。他者に尽くすことはほとんど教えず、要求することだけを教えたのですから。前からたびたび書いていますが、大東亜戦争の責任に匹敵するくらいの重大な責任だと私は思います。

もっとも教師だけが悪いわけではありません。親たちの責任でもあり、小学校五年生くらいからあとは本人の責任でもあります。最近の事件を見ていると、罪を犯す人たちに欠けているのは、才能でも学歴でもなく、忍耐だということがよくあります。というのは、世間を騒がすような事件を起こしている人には、仕事が長続きしなかった例が目立つからです。

松下幸之助さんは、私財を投じて創設した政治家の養成学校・松下政経塾の面接試験に必ず同席したそうです。自分から尋ねることはほとんどなく、質問する時は決まって「君、辛抱できるか?」と尋ねたといいます。辛抱というのは、すべての仕事の土台なんですね。

小説家の仕事も例外ではありません。駆け出しのころは、コツコツ書いた原稿を突っ返されたり、「君は、面白い誤字を書くねえ」とか「いやあ、名作という気もしないではないけどね」とか言われたり。名作と迷作は発音が同じですから怖いのよ。労りだか、励ましだか、嫌がらせだか、わからないような批評をする怖い編集者はいっぱいいました。

そういう名編集長や大編集者たちの下で、びくびくしながら鍛えられていったのです。その方たちが、悪意で言っているのではない、ということがわかっていましたから。

私たちの世界に限らず、どんな仕事も自分を鍛えていくしかありません。料理人が魚をおろすのも、最初からうまい人はめったにいないでしょう。親方に叱られたり教えてもらったりしながら、鍛えていくわけです。その土台が辛抱、忍耐なんですね。

耐える力さえあったら、人間は他人を殺しもしないし、自殺もしません。自分の欠点をはっきりと認めることで、たいていの人は、逆に残された自分のわずかな長所を選んで生きていくものです。

アナトール・フランスの小説に、『聖母の曲芸師』という短篇があります。手品と軽業を人に見せながら町から町へと渡り歩いていた一人の貧しい曲芸師が、ある時、日ごろから信心している聖母に尽くしたいと思い立って、修道院に入るんですね。すると、まわりの修道士たちはそれぞれに説教ができたり、ラテン語を充分に理解していたり、聖歌をうまく歌えたり、自分の得意なもので神に仕えている。

しかし、その男は神学もわからず、知的な蓄積もない。自分には何にもできないと嘆き、日ごとに失望の深みに落ちていく。

ところがある日、彼は自分にできることがあった、と気づくのです。そして毎日、夜中に聖堂に閉じこもる。不思議に思った院長が中を覗くと、その男は聖母の御像の前で、一心不乱に曲芸を披露している。宙返りしたり逆立ちしたり、玉やナイフを操ったりして、かつて好評を受けた芸をお目にかけているわけです。

人生は、それしかないと私は思います。誰にでも何かいいところが間違いなくある。それを使って生きていくほかない。ビジネスマンも同じで、上司は部下の長所を認めて使えなくてはいけないし、私たちは一人ひとりの長所を評価して、「ありがとう」と言わなくてはいけない、と思うんですね。

進みながら常に退路を考える

私がまだ三十代初めのころ、イタリア・ナポリの沖合にあるカプリ島で不思議な体験をしました。

夫婦で現地のツアーに参加したら、少人数の観光客の中に、無口で猪首《いくび》の、ジャン・ギャバンに似た老紳士がいました。ツアーの途中から雲行きが怪しくなってきて、やっとのことで山頂の近くまでくると、ものすごい豪雨になったんですね。

私たちは、教会と思われる建物で、しばらく雨宿りをすることにしたのですが、そこには小さな中庭があって、見たこともない植物がびっしり石垣を覆っていました。すると、私と並んで中庭の豪雨を見ていたこの老紳士が、「この植物は、北は地中海周辺のどこどこから、南はどこどこまで生えているものだ」と教えてくれたのです。

私は驚いて、夫に「この人は〝間諜《かんちょう》〟かもしれない」と言いました。〝スパイ〟と言うと、わかってしまうでしょうから。

雨脚《あまあし》はだんだん弱くなりましたが、私たちが乗って帰らなくてはいけない船の出港時間が迫っていました。最終のナポリ行きは五時だと聞いていたので、何とかしてそれまでに港にたどり着こうと、上《のぼ》ってきた道を戻りかけた時のことです。老紳士が、きた道と同じルートをとってはいけない、と忠告してきたのです。途中で窪地になっていたから道は冠水して通れないはずだ。だから、その脇のルートをとるべきだ、と。

老紳士はくる時から、頭の中にきっちり逆方向の道を記憶していた、ということに私は驚嘆した。それで、また夫に「やっぱり、この人は間諜だと思うわ。退路を考えながら歩いているもの」と言ったんですね。

私たちは、崩れた石垣を乗り越えたりしながら、夢中で港に帰り着きました。やっと船が出港して、「これでカプリを脱出できた」とほっとした時、私は手に小さなケガをしているのに気づきました。どこかで擦《す》りむいたのでしょう。大したことはなかったのですが、私がハンカチで傷を包むのをじっと見ていた老紳士は、突然、若いころの話をしてくれたのです。

その人は、昔、英国諜報機関にいたと言います。私の想像した通りでした。任務は、イギリス軍を中東に進める時に、何人くらいの兵士とラクダを養うだけの水があるか、オアシスを調査して歩くことだったそうです。

ところが、あるオアシスで、彼は異様な人物に出会った、と言います。土地の遊牧民の服装はしているけれど、どうしてもイギリス人のような気がする。どことなく懐かしさを感じて、英語でしゃべりかけようと思ったのだけれど、その男の手を見て、やめた。とうてい白人のものとは思えないほどに荒れていて、指の皮膚は分厚かった。結局、彼は声もかけず、黙ってオアシスをあとにした。

しかし、その後、彼は、その遊牧民風の男が、実は「アラビアのロレンス」であることを知った、と言うのです。ロレンスが報告書の中で、彼のことを書いていたのだそうです。

そして、私は後年、『アラビアのロレンス』という映画を見た時に、その話がほんとうだと思いました。

その中のワンシーンに、ロレンスの一つの逸話として、燃えている火を指でもみ消すシーンが出てきたのです。それほどに彼の指の皮は厚かった。言うまでもなく、老紳士はあの時、やわな私の手を見ているうちに、対照的なロレンスの手を思い出したんでしょうね。

私は豪雨にあうと、しばしば、その話を思い出します。私が老紳士に尊敬の念を抱いたのは、退路を考えていたということがわかった瞬間でした。常にダメな場合を考えて、前に進みながら退路を見ている。その姿勢に惹かれたんですね。なかなかできないことですが、そういう人間でありたいと、実は私は思っていたのです。

東日本大震災のあと、『揺れる大地に立って』という本を書きましたが、〝揺れる大地〟とは地震のことだけではありません。生きるということ、それ自体が揺れる大地に立っているようなものですから、事態に備えて、常にできる限りの対処法を考えておくことが必要だと思うんですね。

この前、ある奥さまから突然、「間もなく、私の眼は見えなくなると言われてるのよ。どういう心構えをしたらいい？」と聞かれて、非常に返事に困りました。ある種の眼病で、真綿で首を絞められるような、と言った人がいますけど、今に必ず見えなくなる。治しようがない病気なのだそうです。

私はその病気ではなかったから、将来必ず盲目になるというわけではなかったのですが、医師に「あなたの眼は一本のロウソクと同じだから、どういう使い方をするか考えなさい」と言われました。

視力が回復したあとも、その言葉は耳に残っていて、今も、眼は読書のためではなく、生活のために残しておかなければいけない、と思っています。

ほんとうは本をもっと読みたいけれど、私が全盲になったら、まわりの人も困るでしょう。やはり歩いたり、ご飯を食べたり、タオルがどこにあるかを確認したりするために視力を残しておかないといけない。だから、あんまり酷使しないよう心がけているんですね。

そして、「ああ、このきれいな空を見た」というように、美しいものを見たら、見えなくなった時に思い出すことができて、あれを見たぞ、と言えるくらい記憶に刻み込むようにしています。

死に至る前に見えなくなる、という病気もたくさんあります。まず視力からなくなってしまう。そういう場合のためにも備えておかなくてはいけないと思っています。

もちろん、備えあっても憂いはあります。退路を考えていても、その通りいくとは限りません。でも、私みたいに悪いことしか予想していないと、うまくいったらタナボタだと喜べるし、うまくいかなくてもあんまりガッカリしない。あ、こっちはダメだったのか、じゃ、あっちの道を行ってみよう、と思うから、わりと気楽なのかもしれません。

折り合えるのが大人の健やかな強さ

世の中のことはだいたいそうですが、論理というものはあまり成り立たない。それよりも、その場その場で「明日までに切り抜けるにはどうしたらいいのかな？」という考え方のほうがうまくいく。うちでも、そうやってきたような気がします。

たとえば、うちは親と「半同居」したんですね。半同居というのは、私たちの家と、夫の両親の家、私の母の家が同じ敷地内にあって、軒と軒とが二メートルくらいしか離れていない。親たちの食事時間はうちとは違っていたので、毎日、うちでご飯をつくって、給食センターみたいに届けていたのです。三十年くらいはやっていましたね。

でも、近くに住んでいても、姿を見かけて、「あ、おばあちゃんは今日は、庭を歩いているわよ。大丈夫そうね」というような調子で、あまり顔出しもしません。

どんなに遅くなっても、必ず「ただいま」と声をかけるという人もいるけれど、私はやらなかった。仕事をして帰ってくると疲れてしまって、できなかったんです。

母たちが寝たきりになって、ご飯を食べられなくなった時も、つきっきりで世話をすることはありませんでした。チョコレート、甘い紅茶、リンゴジュースや季節によっては梨のジュースをつくったりして、枕元に置いておく。そして、母のそばを通りかかった家人が誰でもいいからちょっとずつ口の中に入れたり、ひと口飲ませたりしたんです。

私の母なんか、丸一日、うつらうつらしているし、あまり反応もない。生体を生かすには、この方法がいいだろう、と思って。つまり全部、いい加減にやったわけです。

母は八十三歳、義母は八十九歳、義父は九十二歳まで生きました。うちはみんな長生きなんですね。

振り返ってみると、いろいろな時期がありました。前に述べたように、親がいる間は夫も私も外国勤務を断りましたし、手伝ってくださるという方にお願いしたりして、ずいぶんお金も使いました。

私自身、小説をかなり書いていたので、不眠症になって、ずっと具合が悪かった時もあります。全部を抱え込んで立派にやろう、とくにいい小説を書かねばならない、などと思っていたからでしょうね。そのためには、よく寝て、頭をすっきりさせておかなくてはいけない。そう思うから、よけい眠れなくなる。ところが、頭がボーッとしている時に、いい小説を思いつくことだってあるのですからね。

何ごとも、あまり誠実過ぎるのは具合が悪い。だから、「ま、適当でいいんじゃないの」とやり過ごす。そうやって、「人生をなめる」ことも覚えたわけです。

私たちは、決して完全な形で生きているわけではありません。みんな、理想とはほど遠い現実と折り合いながら、どうにか暮らしている。折り合えるというのが、大人の健やかな強さだと思います。そして、身に降りかかった火の粉か砂糖かわかりませんけれど、適当に受け止め振り払って、その場を切り抜けて生きていくしかない気がします。

生き延びる才覚を磨く

予定が狂って、慌てふためいて修正するというのが、私は好きなんですね。それでこそ人間らしいでしょう。変化があるのが人生で、決してものごとは思った通りにいかないのですから、予定がはずれた時に修正できる力を養っておかないといけません。

その基本は、私がいつも言うように、どんなところでも、無一文でも、何とかして自分で生き延びられること。要するに、サバイバルの力が必要なのです。

私は最近、日本のテレビにはびこったグルメ番組や少しもおかしくないお笑いやオバカ・タレントなどの番組を見るのが嫌で、地上波は避けてほとんど衛星放送しか見なくなってしまったのですが、好きなものの一つがサバイバル番組です。

たとえば、無人島に流されてしまった男が、そこら辺にある木だけで、筏《いかだ》をつくるにはどうしたらいいか、などというのをやっている。私は、無駄だなあ、と思いながら見ているわけですね。この年齢になって、それが役立つことはたぶんないでしょうから。

でも、そこまで追いつめられた場合の知識がない人間というのは、なぜか人間ではないような気がする。つまり、道具を使える動物であるべきだと思うのです。

私はアフリカの僻地に行く時、同行者によく次のような質問をします。

「汚い水しかなかったら、どうしますか？」

すると、霞が関の高級官僚の卵のような人が必ず言うんですね。

「今は、ペットボトルの水を売っているでしょう」

「買えなかったら、どうするんですか？」

私がそう言うと、黙っている。

「煮沸すればいいんです。おそらく、どこの家にもやかんや鍋くらいはありますから、借りて水を沸かして殺菌すれば飲めます」

「ああ、沸かしたら飲めるんですか」

「飲めます。じゃ、もし、泥水しかなかったらどうします？」

私が食い下がると、だいぶ考えていますが、答えが出ない人もいます。

正解は、とにかく泥水をバケツに汲んで、しばらく待つ。十分くらいすると、上水が澄んできますから、それをすくいとり、その土地のおばさんたちの洗いざらしの腰巻きを借りて、濾過するのです。ＷＨＯ（世界保健機関）によると、その方法が非常に有効だといいます。

縫う道具がない貧しい土地では、おばさんたちはズボンではなく、腰巻きを身につけている。だから腰巻きなら、どこでも手に入ります。そう言うと、たいていの日本人は、そんなものは汚くて使えないとか、変なことが気になるんですね。

私など、いざとなったら、水洗トイレに溜まった水でも飲めます。便器の水は、確かに不潔かもしれないけれど、生きるか死ぬかの時は、しょうがない。一度にたくさんではなく少しずつ飲めば、胃酸でちゃんと殺菌できますから、私はそうやって生き延びるでしょうね。

私は一時期サバイバルの方法を教えてもらっていたことがあるんです。五十代だったと思いますが、そういった知識を得るために金沢へ通っていました。金沢の山奥に、みんなが「山の先生」と呼んでいるみごとな農家のご主人がいて、役人や医者たちにまじって、雨の下でどうやって寝るかとか、濡れた木で火を燃す方法とか、ありとあらゆることを教えていただいたんですね。

ある日、どしゃぶりの雨が降ってくると、この先生は、

「ほんなら、今日は鳥の剥製《はくせい》でもつくっか」

と、ナマの鳥からつくり始めたのですが、さすがに、その方法は私には必要ないので忘れてしまいました。でも、それ以外はすべて非常に有意義な授業で、一部は小説にも書きました。

なぜか私は、そういうことに興味を惹かれるし、これから先どれだけ悪いことが起きるか考えるのが癖みたいになっている。私など、まだまだ甘いのです

が、もしかすると、現代人に一番必要な才能とは、そういう想像力かもしれません。

隕石が落ちてくるだろうとか、国際テロリストがこういうことをしでかすだろうとか、あるいは、宇宙人がやってきたらどうなるだろうとか。最悪の状況を考えて、生き残る方法を模索する。

何かあった時は政府や国家がやってくれるだろうと期待していたら、はっきり言って、ひどい目にあうと思います。どんな場合も、自分のことは自分でやろうとするのが基本です。もっと言えば、人生は個別に才覚で生きていくほかないのです。

私のように普通の老人だったら、少なくとも最後まで自分の生きることだけは何とかするということを目安に、自分を鍛え続けないといけません。妻が先に死ぬかもしれないのに、炊事一つできない男などというのは、かなり問題です。

高級なことはしなくてもいいですから、自分でご飯を炊いて食べられ、身のまわりをちょっと片付けたり、洗濯したりすることができる。その程度のことができなければ、人間を保つことはできないと思います。

自分の身の丈に合った暮らしをする

将来、年金がもらえなくなるかもしれないと騒がれていますが、もらえないものだと思って備えたほうがすっきりしますよ。世界的に見て、日本ほどいい国はありませんが、政府を信じてはいけません。

自己責任を問うのは弱い者いじめだと言われるけれど、経済については最悪の状況を想定する、人が持っていても自分には贅沢だと思ったら持たない、財布は人に頼らない、というのは、昔、小学校さえろくに通えなかった人たちでも身につけていた平衡感覚です。

明治生まれの私の父母たちは、つましい生活をしながら貯金して、老後に備えるのが常識でした。借金をしなければ買えないものは、お金を貯めてから買いなさい、しかし分相応なものでなくてはいけない、と教えられました。

今みたいに、まともな銀行が消費者金融の事務所に名前や軒先を貸すということなど、想像もできませんでした。「高利貸しをするのも利用するのも、恥ずかしいことです」と、私たちの親は教えたからです。昔は「借金」と言ったのを、今は「ローン」と言うのですね。

私は、両親に教えられたように、借金してまで欲しいものを買ったことはありません。

ただ一度だけ、銀行から六百万円ほど借りたことがありました。五十年以上前、父と母を離婚させる時に父にはお金が必要だと思い、借りたお金も使って私が父から家を買い取ったのです。気の小さい私は、借金をしたことに対するストレスで胃が痛くなり、買うものも買わずに切り詰めて、返済の予定日より早く返しました。それ以来、二度と借金はしていません。

生活保護受給者が増えていると聞きますが、私のまわりにも何人かそれに該当する人がいます。はっきりとした理由は知りませんが、平凡な言い方をすると、貯金をして老後に備えず、常に「何とかなる」と思ってきたけれど、世の中はそんなに甘くなかった、ということなのでしょう。やはり昔の人たちのように、爪に火をともして貯金するべきだと思いますね。

少し貯金があったら、食い延ばす方法はいくらでもあるでしょう。昔は、家が貧しくなって食費を切り詰めなければならなくなったら、一家のお母さんはおかずの煮物の味を少し濃くする知恵がありました。そうすれば、少量のおかずでもたくさんのご飯が食べられるようになるのです。

やろうと思えば、誰でもできます。うちも、安く食べてますよ。この間も、みんなが「まずい」と言うごまだれソースがあったので、残り物の白菜と油揚げを細かく切って、さっと茹でて、そのごまだれに塩や醬油をちょっと足して、和えて食べました。うちは何一つ捨てませんから、結構暮らせます。

私の親戚には、新聞紙で小さな袋をつくって、お味噌汁の具にする切り干し大根を小分けにしていた奥さんもいました。一回食べる分だけが入っていて、それ以上使わないようにするためです。母に言わせると、切り干し大根は相当安いものだから、多めに使ってもどうってことはない。「しっかりした奥さんでいいのだけれど、何だか息が詰まったのよ」と言っていました。けれど、昔の人はそうやってつましく暮らしていたんです。

どれほど、質素だったか。先日、野口《のぐち》雨情《うじょう》の詩を改めて読んで、驚きました。

雨降りお月さん
暈《かさ》下され
傘《からかさ》さしたい
死んだ母《かか》さん、後母《あとかか》さん

時雨《しぐれ》の降るのに
下駄下され
跣足《はだし》で米磨《と》ぐ

死んだ母さん、後母さん
柄杓《ひしやく》にざぶざぶ
水下され
釣瓶《つるべ》が重くてあがらない
死んだ母さん、後母さん

親孝行するから
足袋下され
足が凍えて歩けない
死んだ母さん、後母さん

奉公にゆきたい
味噌下され

咽喉《のど》に御飯が通らない
死んだ母さん、後母さん

すごいでしょう。みんな、傘もなく、足袋もなく、味噌のおかずさえなかったんです。それでも生きてきた。それを思ったら、何ですか、今の貧乏なんて。

人は苦しみの中からしか、ほんとうの自分を発見しない

六十四歳の時に右足首を骨折して、しばらく車椅子を使っていたら、まわりの方から「いい人が骨を折ってくれた」と喜ばれたんですよ。車椅子の人たちのために何が必要なのか、「曽野さんが骨を折ってくれたことで、よくわかるに違いない」ですって。

私自身は、生まれて初めて肉体の不自由というものを知って、人並みになっ

たような気がします。律儀なことに、十年後の七十四歳の時に今度は左の足首も折ったので、非常に不自由になりました。歩けますけれど、走ることも、しゃがむこともままならない。階段さえうまく降りられないんだという、れっきとした引け目を突きつけられていることは、あまり悪い気がしない。きれいごとではなくて、とても人間的な感じがするんですね。

それに、いろいろな方に親切にしていただいて、人の優しさが心にしみました。足の骨を折らなかった人生よりも、より深い味わいがあったように思います。

最近、同じように年をとってから足の骨を折った知り合いの小説家がいるのですが、彼女はその回復期間中にすごい評伝を書きました。それは骨折したおかげだ、と言うのです。「私は遊び人で怠け者だから、足を折らなきゃ書く気にならなかった」ですって。

そういうふうに、災難をプラスの方向に変えなくてはいけないんですね。人間というのは複雑で、幸運よりも挫折、裕福でなく貧困、時には健康でなく病気すらその人をつくりあげる。フランスには、「健全な体には、見るに堪えない単純な精神が宿ることが多い」という言葉もあるくらいです。

だからといって、病気を放置すればいいというわけではありません。私など、病気になったら、さらに根性が曲がるでしょうから、なりたくありませんが、病気が人間をふくよかなものにするというケースはよくあります。

それは、その時までどんなに自信に満ちていた人も、信じられないほど謙虚になるからです。謙虚さというのは、その人が健康と順境を与えられている時には、身につけることがなかなか難しいものなんですね。

不幸のない人生はないのだから、不運を生かせる才能は非常に大切です。

足を折るのも人生、健康も病気も、死に至ることもひっくるめて人生です。失恋や受験の失敗、会社の倒産、家族の病気や死別など、どんな願わしくない結果にも、深い意味を見つけ出さなくてはいけない。災難をただ災難としてしか受け止めなかったら、それは非運に負けたことになります。

何がどうあっても、私たちの望まぬ試練が、私たちを強めるということは真実なんですね。


私は子供のころ、母の自殺未遂の道連れになりそうになって死にそこなった時以来、絶対に自分では死なないような心理状態になっています。自殺は芝居がかっていて嫌ですしね。「死んでやる」というのは、生きられない人に対する残酷な嫌みだと思いました。

もちろん自殺者は、まわりのことなど冷静に考えられない一種の病気だったかもしれないし、あらゆることと闘った末の最期だと思いますから、深い同情もあります。

しかし、世の中にはどんなに生きたくても生きられない人がいる。私の周囲にも病気で亡くなった人は少なくないし、子供がまだ小学生なのに、余命わずかと言われている女性もいます。そういう人たちに対して、生きられるのに死ぬというのはやはり嫌みでしょうね。お腹を空かしている人の前で、パンを踏みつけにする仕打ちのようなものですから。

そう思っているにもかかわらず、私は四十代の終わりに眼病にかかって失明するかもしれないという時、やはり何度か死を望みました。光というものがほとんど感じられなくなっていく中で、視力を失うことは生きながら埋められるような気がして、おびえていたのです。

でも、人間の心というのは分裂するもので、死を楽だなと思う一方で、やはり生きられない人への嫌がらせだとも思って、ぐずぐずしていました。そのうち、幸いにも手術が成功して、奇跡的に視力を取り戻したんですね。

決して穏やかとは言えない家庭に生まれたこと、明日まで生きていられるだろうかと激しい空襲の中で考え詰めたこと、思うような小説が書けなくて何年も不眠症に苦しんだこと、眼病や骨折を経験したことなどがなかったら、今の私はなかったでしょう。それらのものも、私を私にしたのだからすばらしい体験でした。

どんなことからも学ぶ時、人は厚みのある人生を送れるような気がします。不幸によって悪く変わる人もいますが、たいていの人は強く複雑な人になる。人は苦しみの中からしか、ほんとうの自分を発見しない、という気さえします。

第9章

人生を面白くする「知恵」

すべては善と悪の中間にある

今一番つまらない考え方は、ものごとを「善悪」で決めることでしょうね。人道主義者という人たちは、何かあるとすぐに人道的か否かで分けるけれど、すべてのものの中には、人道的である部分と、非人道的で、独善的、利己的部分さえあるのです。ただ、それだけのことです。

今の日本人の思考は、オール・オア・ナッシング（すべてか無か）になっているんですね。その中間にあるものの存在意義を認めようとしない。しかし、この世のすべてのものは、対極的なものの中間を漂っています。だから、最善とか最悪とかいうものは、ほとんどないのです。

私は、「存在するものはすべてよきものである」という中世最大の神学者、トマス・アクィナスの言葉を信じています。世の中に存在するものにはすべて役割があって、たとえば繊細な神経を使う人が役に立つ時と、いい加減で大雑把な人が役立つ時がある。つまり、他人の美点だけでなく、欠点のおかげで、という部分もあるわけですね。

それで思い出しましたが、先日、ある方からお礼を言われて、びっくりしました。

私は、盲人や車椅子の人々とキリスト教の聖地を訪ねるボランティアの旅を二十三年間続けたのですが、それに参加なさった方でした。参加者は、年齢も性別も、そして宗教も全然関係なく、健常者と障害者が同じ金額の旅費を払い、世話をする方にも、される方にも金銭の授受はいっさいありません。まったくのボランティアの善意が貫かれていた旅でした。

あれは、ギリシャに行った時のことです。突然、どしゃぶりの雨が降ってきて、予定していた、山の上の修道院に行くか行かないかという話になりました。参加者の半数が目の見えない人や車椅子の人ですから、ボランティアの誰かが「やめましょうよ」と言ったんですね。それは、ハンディキャップのある人に

対する労《いたわ》りからでした。濡れて寒くても、文句すら言えないような方もいましたから。ところが、私は、

「どうして行かないんですか？　そのために、ボランティアの人たちがきているんでしょう」

と言い張ったらしい。「濡れたっていいじゃないですか、一生に一度のことなんだもの、上まで担ぎ上げましょうよ」と思ったんです。

実は私が担《かつ》ぎ上げるわけじゃないので、思ったことを気楽に口にしたのでしょうね。

「でも、それで山の上の修道院まで連れて行っていただいて、もう夢のようだと思った」

というお礼だったんですね。

冷たい吹き降りの中で実際に車椅子を担ぎ上げたボランティアの人たちからも、「あの時は、夢のような達成感があった」と言われました。だから、私のような言いたい放題の「感情の欠損症」も役に立つ時があるんだ、と思わずに

いられません。

簡単に、「あの人はこうだから悪い」とか「あれさえなければいい」とか決め付けてしまう考え方は、ほんとうにつまらない。

人間も社会もみんな不完全なものだという認識があれば、自分とは考え方や生き方が違う相手を頭から否定したり、なじったりすることはないと思うので、そういう言い方に終始する人とは、どうも仲良くなれません。

私も子供のころは、どちらかというと相手と似ていることがいいことだと思っていました。しかし、年をとるにつれて、人間は違っていて、いろいろと異なった考えがあることのほうが面白く思えてきたのです。良いとか悪いとかの問題ではなく、世の中にはこんなにも違う人や社会が存在するのか、と思うと感動するんですね。

それぞれの「適役」を見つける

生きていく上で私にとって一番大事なのは、私がこの世で「何々の役を演じなさい」と神が命じている点を見極めることです。

誰にでも役割というものがあるなら、私はどういうところで、何をやることを神さまが望んでいらっしゃるのか。それを発見することが、私の幸福に大いに関わってきます。

私が眼の病気にかかった時、先天的にひどい近視だったので、医師からは、おそらく眼底も荒れているだろうから手術後の視力は保証できない、と言われていました。

ところが、視神経が集まっているわずか直径二ミリの黄斑部《おうはんぶ》と呼ばれる部分だけ、奇跡的に病変がなかった。統計的に見て、普通ではあり得ないことだったのです。そのおかげで、手術は信じられないほどうまくいき、五十年近く強度の近眼だったのが、一・二や一・五の視力が出るようになりました。その時、私は、神さまがそうしてくださったのだ、と思ったんですね。

もちろん、手術前、私は神さまに「どうぞ、もう一度、眼が見えて働けるようにしてください」と祈りました。知り合いのシスターたちも祈ってくれました。夫の三浦朱門は、手術のあと、こんなふうに言っていたものです。

「そりゃあ、神さまだって聞いてくださるよ。女にそれほど頼まれたことをかなえなかったら、あとがおっかないんだから。ことにシスターたちに頼まれたら、イエスさまだって、おそろしいに決まってる」

私は、願いをかなえてくださったお礼に何かしたい、と思いました。同級生でシスターの友人にそれを話したら、

「あなた、図々しいわね。神さまにお礼をする気？　人間同士ならいいけど、神さまは、私たちの父なんだから、お父さん、ありがとう、と言えばいいのよ」

と言いましたね。

つまり、対等にお礼などすることはできない、ということを教えられたのです。でも、やはり何かしないではいられなかった。

夫婦ともに、「世の中で善行だと思われるようなことのために働くのは恥ずかしいから、やらないでおこう」と話していたのですが、眼が見えるようになったということを使って、お役に立ちたくなったわけです。それで、結果としては、盲人の方たちと聖地を巡礼する旅を始めてしまった。

今では、障害者のツアーというのはずいぶんあると思いますが、当時はほとんどありませんでした。

私はずっと前から、その人の望むことを誰にでもできるようにしてあげたい、と考えていました。もし聖地を巡る旅行ができるなら、途中で死んだっていいと思う盲人の方もいるでしょう。

私には、目の前の情景を口で素早く描写するという特技があります。だから、私はガイドを引き受けたんですね。たとえば、バスに乗ると、「今日の運転手さんはハゲで、デブで、小豆色と挽き茶色のダンダラ模様の海賊シャツを着てます」などという調子です。

遠藤周作さんは、「差別語は使ってほしくない。オレのことは、髪の毛の不自由な人と言ってもらいたい」とおっしゃっていたそうですけど、作家というのは描写が早い代わりに口も悪いし、あだ名をつけたりするのも得意なんですね。

しかも私は、何を描写するべきかわかっていました。自分が眼の悪いことに悩んできましたからね。視力が落ちてきた時に旅行に行っても、見たいものが見えなくてつまらなかった、という体験がありますから、見えない方のガイドは適役かもしれないと思ったんです。

人間は、プラスのことであってもマイナスのことであっても、自分だけが持っているものを生かすべきだ、と思います。私の場合は、深く考えずにやってきましたが、その経過は意外性の連続で、まさに小説的でした。同時に、それを多くの人に受け入れていただけた幸運に、心から感謝しています。

自分を笑い飛ばせるか

昔、緊張が高まっているルーマニアとブルガリアとの国境を越えたことがありました。

その時、管理官に職業を尋ねられて、「小説家だ」と言ったら、「どんな小説を書いているのか」と聞く。何しろ広い意味でジャーナリストという職業は用心されていますからね。私が、家庭小説と言おうか、カトリック的テーマと答えたほうがいいだろうかと迷っていたら、一緒に旅行していた友人がフランス語で「ポルノグラフィーック」と、代わりに答えてくれたのです。つまり「この人はポルノ作家です」と言ってくれたんですよ。

そしたら、両国の管理官たちがどっと笑った。両国といっても、小屋《ブース》が五メートルくらいしか離れていませんからね。いっせいに、ワーッと笑って、「オーケー！」です。

おかげで、私たちは無事に国境を越えられたんですね。すばらしいでしょう。その時、ポルノグラフィーックの世界も、ほんとうに価値があるんだなと思いました。

「ポルノグラフィーック」と咄嗟に答えてくれたのは日本人のカメラマンですが、世界のさまざまな国で仕事をしてきた苦労人の、みごとな知恵ですね。ユーモアというのは、「みんないい人」と思いたがっているような単純な人にはつくれない世界です。自分も含めて、人間の中に、いささかのやましさとか弱さとか、悪の部分があることを認めていないと、ユーモアは生まれません。

私が初めてブラジルに行った時、何より感心したのが、「ピアーダ」というものでした。ピアーダとは、冗談、ブラック・ユーモア、お色気小話、社会風刺などの総称みたいなものらしい。主に男たちが、暇な時にしゃべり合ってはアハハハと笑うものである、とブラジルの日系人に教わりました。

話はみんな口伝で、聞いた話をそのまま他人に伝えて笑ってもいいし、適当にゆがめたり、自分勝手な解釈を付け加えたりしてもいい。「詠み人知らず」だから、別にかまわないわけです。

印象に残っている一つに、次のような話があります。

ある日、ブラジルにやってきた日本人の商社マンが、友だちを駅まで迎えに行くことになった。ブラジルの列車は時間通りに着いたことがないから、遅く行こうかと思ってずいぶん迷った挙げ句、やはり時間通りに行った。

ところが、列車はまさに時間ぴったりに駅のホームへ入ってきた。そんなことは初めてだったから、びっくり仰天して、近くにいた駅員に、

「大したもんだ！ ブラジルも列車が時間通りにくるようになったじゃないか！」

と言って、思わず握手を求めようとした。そしたら、駅員はむっつりして答えた。

「これは昨日くるはずの列車です」

この手の話は、各国にあるようですし、今のブラジルの列車は、もっと時間通りに運行されていると思います。これは、私が三十歳になるかならないかのころの話ですから。でも自国を美化しないという批判精神はすばらしいですね。

もう一つ、「日本人は時間に正確だ」という事実からつくられたピアーダがあります。

ある日本人は、ブラジルのビジネスマンと大きな商談をすることになり、前々から緊張していた。何しろ、その契約がとれるかとれないかに彼の出世がかかっていたからです。

商談の日、彼は、どうせ相手はブラジル人だから、約束の時間通りにはこないだろう、と思った。しかし、もし自分のほうが遅刻して相手の気分を害したら、大きな儲け話がふいになるかもしれない。そう思い直して時間通りに行ったら、やっぱり相手は約束の時間にこない。二時間近く待たされてイライラしていた彼は、ようやく現われた相手に、つい文句を言った。

「今日は大事な仕事の話だったから、私はちゃんと時間通りにきていたのに、どうして遅れたんだ」

するとブラジル人のビジネスマンは、平然として答えた。

「いや、僕も時間通りにこようと思って家を出たんだ。でも駅前で、昔別れたきり会うことがなかった初恋の人に会った。だからちょっとお茶を飲んできた」

理由を聞いた日本人は、いよいよ頭にきて、こう言い返したんだそうです。

「君、初恋の人と、この商談と、どっちが大切なんだ」

すると、相手は当然という顔で言い返した。

「それは初恋の人だろう。商談は少しくらい遅れてもできるけれど、初恋の人に出会うチャンスはそうはないからね。現に君は、こうして待っていてくれたじゃないか」

ブラジル人は、こういう笑い話を日常的にしゃべっている。女房とケンカしたとか上司に怒鳴られたとか、毎日、しゃくにさわることがあるでしょう。それをピアーダで笑い飛ばして、少しは心を軽くするんでしょうね。

とりわけ私が感心したのは、ピアーダによって自国を笑いものにできる精神の闊達《かったつ》さです。同時に、他国の人の精神構造を笑いものにもするけれど、公平にやっているのです。

日本のJRの世界に冠たる優秀さは、三十秒遅れたら遅延と見なす厳密さと誠実さという日本人気質に支えられています。しかし一方で、一分や二分、一時間や二時間くらい遅れても、人生から見れば大したことはない、というのも事実なんですね。

ブラジル人に限らず、たいていの人は、ほんとうのことをしゃべると笑うものです。

我が家は、三浦朱門という何でもほんとうのことを口にする老人のおかげで、みんな呆気にとられていつも笑っていました。

いつだったか、テレビのニュースで湯島天神が映っていたんですね。絵馬には、皆がいろんな願い事を書いているでしょう。「どうぞ、○○大学に受かりますように」とかね。そしたら、三浦朱門が笑って「バカなこと書くな」と言うのです。「何が？」と聞いたら、「僕だったら、僕以外の受験生がみんな落ちますように、って書くな。そのほうが楽に入れるじゃないか」。

そんなことを臆面もなくしゃべる。これは、ちっとも道義的ではないけれど、ある種の真実なんですね。

自分の内心の卑怯な部分を認めて、お互いに、ほんとうのことを言って笑い合っている。人間性というのは全部立派でもなく、全部ダメでもない、混沌としたものですから、それは人間共通の部分に迫っているわけです。しかも、自分を笑いものにするくらい平和なことはない。相手の悪口を言ったら、もしかすると気を悪くされますからね。ユーモラスな視点さえあれば、降りかかった運命も面白がって生きられるような気がします。

金持ちより「思い出持ち」になる

私はあきらめだけはいい、と言いましたが、何かを始める時はいつも、「断念する」という選択肢を最初から用意しています。最後は、あきらめなくてはならない。最悪の場合は、失意のうちに死ぬのが人間の運命というものだ、と考えています。実際に、そういう例はざらにありますから。

でも、それでは、あまりにも悲しいでしょう。だから私は、「ああ、今日はこんなに親切にしてもらった」「あの人、とてもすてきなことを言っていた」「こんなにおいしいご飯を食べた」といった具合に、どんな小さなこともすべて、いいなと思ったことを毎日、覚えておくことにしたのです。

モテる人は、「あの人も私を好きだったに違いない」と思うそうですよ。それもいいやり方だと思いますが、私の場合は、日々、こんなに幸せだったと、その日がすてきだったことを覚えておくわけですね。

振り返ると、どんな時にも面白いことがありました。

あれは私が二度目の骨折をしたあと、北イタリアのアバノという温泉地へ保養に行った時のことです。七日間、泥浴をして、マッサージを受けたのですが、そこで十四歳の時から働いているという太ったおばさんが、毎日、泥浴の世話をしてくれるんですね。

温泉の熱湯の中に浸っている泥をベッドの荒布の上に置き、適当な温度まで冷めたところで、私たちを寝かせて、体中に泥を塗り付ける。ぎりぎりやけどをしない程度の適温にするのが、彼女の技術なんですね。

そして、私たちを毛布ですっかり包み、「ベーネ（大丈夫）？」と聞いてから次の部屋へ行く。いつもカンツォーネを歌いながら、みんなの様子を見て歩いて、汗を拭いてくれて、泥が冷めたころに泥を取って、シャワーを浴びせてくれるわけです。

最後の日、私が「今日でさよならね、ありがとう」とお礼をあげたら、彼女が、「ラ・コメディア・テルミナータ！」と言ったの。直訳すると、「喜劇は終わった」という意味ですけれど、「さあ、終わりよ！」という感じなんですね。

その言葉を聞いた時、これで小説を書こうと思った。十四歳というと、中学生くらいでしょう。そのころから、それこそ泥にまみれて働き続けてきた。きっと、悲しいこともつらいこともいろいろあっただろう彼女が、さらっと口にしたそのセリフに胸を打たれたのです。私が一週間の泥浴で、足がもっとよくなるかもしれないと思ったことも、一つの喜劇だったというわけです。でも幸福な喜劇ですね。

どの町でも、私は濃厚な人生を見せてもらった。自分の人生というのは、一つしか歩けない。けれど、私は強欲で、どうやら、いくつもの人生を生きたいと思っているらしい。とにかく、いろんな人生を見たい。それも深く深く見て感動したい。相手の迷惑にならない程度に、相手の生活を知りたいと思う。

中には変人か奇人か優しい人がいて、カプリ島で出会った元スパイの老紳士のように、私に自分の人生のある部分だけを語ってくれた人もずいぶんいました。私は感動して、光栄だと思った。「ああ、選ばれた」と感じたこともあります。私には一部だけは心を打ち明けてもいいかな、と思ってくれたのだろうと感じたことは何度もあります。それは錯覚かもしれませんが、その方の類《たぐ》い稀《まれ》な人間的好意にあずかったのです。

ほんとうに、いい人に会って、すばらしい話を聞くことができた。悲しい恋の結末や死別の話など、いくつも耳にしました。いい人というのは、別に社会的に立派な人やお金持ちではありません。地球の片隅で、ささやかに生きている人たちの、ちょっとしたことに私は感動してきたんですね。

どんな人の生涯にもドラマがあって、話を聞いているうちに私は自分が体験したみたいな気がして、すごく楽しかったのです。多くの人生に立ち会わせてもらったことを私は財産だと思っています。そういう意味で、私は「思い出持ち」なんです。「金持ち」ではなく、ものすごい思い出持ちですね。

いつも言うことですが、人生の豊かさは「出会い」の量によってはかられるような気がします。

出会うチャンスがないとおっしゃる方も多いけれど、私の知り合いには、同好会やカルチャーセンターのようなところへ行くと、思わぬ出会いがあって面白いと言う人がわりといます。絵画でも手芸でも盆栽でも何でもいいのですが、趣味を通じて、だんだん身の上話をするようになって、「ああ、いろんな人生があるんだなあ」と、人生が広がっているみたいです。

他人の幸せを考える

趣味を楽しむのもいいですが、何か人のお役に立つことをやってみる、というのも面白いと思います。自分の楽しみだけでは、いくらやっても満たされず、むなしくなることはよくあるものです。でも、何か人のためになることができれば、喜びはふくらみますからね。

人は受けて与えることで成熟するんでしょうね。いただいたら、お返しする、というのが大人です。呼吸にしても、息を吐かなくては吸えない。食べ物の摂取と排泄もそうでしょう。やはり適切に出さなくては取り入れられない。もらうばかりだと、過呼吸とか便秘とか、ろくなことになりません。与え足りない人を見ていると、不思議と、だんだん腐ってくるような感じがします。

私は、人生が満たされる条件として、「人にもたくさん与え、自分もたくさん受けた」という実感が必要だと思っています。

与える相手は、少なくとも家族以外。家族に与えるのは自分に与えることと同じですから。お世話になっている近所の人とか、子供の学校とか、社会とかにお返しすればいいと思います。

ボランティアはいいのですが、学生が学業をおろそかにしてまでやることではありません。もっとはっきり言えば、誰かに自分の生活の面倒を見てもらいながらボランティア活動をするのは本末転倒です。

人を手助けするためには、お金か、時間か、労力か、どれかに余裕がなければばできない。余裕ができた時に、わずかずつでもかまわないから、自分にやれることをやればいいんですね。

お金はないけれど、子育てが終わって時間ができたという奥さんなら、近所の一人暮らしのおばあさんの家に行って、話し相手をしながら一緒に食事をつくったり、お掃除をしてあげたりする。

あるいは、この一万円で靴を新調しようと思っていたけれど、靴を買う代わりに人を幸せにすることに使う。そういう素朴な行為がほんとうのボランティアだと思います。

私の知り合いに、家の近くの老人ホームで朝食の後片付けをして、昼食の食器を並べて帰るのを日課にしていた人がいました。

七十代で、ガンの手術をしたあとでしたが、少しは体を動かしたほうが健康にいいし、早朝の仕事は嫌がる人が多いけれど、どうせ自分は早く起きているのだから、とお手伝いに行く。時々入所者の話し相手になったりして、みんなに喜ばれ、感謝されて、とても楽しそうでした。

聖書に、「一粒の麦は、地に落ちて死ななければ、一粒のままである。だが、死ねば、多くの実を結ぶ」という言葉があります。

麦の一粒は、そのまま取っておかれる限り、芽を吹くこともなく、新しい実を結ぶこともない。しかし、それが蒔《ま》かれ、まるで墓に葬られるように土の中に埋められて、その原型を失うようになって初めて、新しい命である芽を吹く。つまり、麦の一粒の死が、やがて「多くの実を結ぶ」ことになるというのです。

私が知り合った神父や修道女たちは、それぞれの理由で修道院に入り、結婚もせず、子供も持たず、自分から望んで、世界のもっとも貧しい国の片田舎で一生を過ごした人も大勢います。

彼らは、その土地の子供たちに読み書きを教え、栄養失調児にご飯を食べさせ、小さな診療所で貧しい患者に薬を与え、赤ん坊が生まれるのを助ける、というような仕事をしています。

住まいには電気もガスも水道もなく、バスタブにゆっくり浸かって疲れをとるなんていうこともない。タンクに貯めた水を、空き缶の底に錐《きり》でたくさん穴を開けたシャワー・ヘッド風のものに導いて、ぽしゃぽしゃ落ちる水で体を洗うだけ。アフリカでも夜に水で体を洗うのは、寒くてつらいものなんですよ。

それでも彼らは、たまに日本での休暇を過ごすと、いそいそとまた「地球の僻地《へきち》」へ帰って行く。それは、一粒のままを保って生きるのではなく、死んでも誰かに何かを残すことで、自分の存在が生き続けることを望むからです。

死んで新しい芽を出す生き方は、実は簡単です。それは、人のために働くことです。

変化を面白がる

この世は、いつ何が起こるかわからないのと同じように、時代が進めばどう変わるかもわかりません。それをユダヤ人は、「永遠の未知なるものの手前」

と言いました。

二百年前、私たちの生活には、テレビも電話も鉄道も自動車も飛行機もなかった。それが突然出てきた。これから先、また何が出てくるか誰にもわからない。つまり、私たちは常に想像できない未知なるものの手前にいる。人生はいつの一刻をとっても未完成であり、これで完成したということがない。究極の正解が出た世界に生きてはいないのだ、ということです。

実際、答えがわからないことは多いでしょう。これだと思っても、時間が経てば、違う答えが出てくることもある。そういう意味では、どんなに熟慮したといっても、いい加減なものなんです。世界の偉大な学者といえども、たぶんそうだろうと思います。科学の歴史をたどれば、今とは違う答えがいくつも出ているでしょう。

私は同じ国に二度も三度も行きますが、行くたびに新たな解釈を知った、ということがたくさんあります。

その一つは、西アフリカのベナンという国へ行った時のことです。カトリック教会のシスターたちが女の子たちに裁縫や手芸を教えている職業訓練学校を訪ねたら、生徒たちがみんな同じ生地の洋服を着ていたんです。シスターの話によると、その国の「慈悲深い方」が、木綿の布をたくさんくださったので、それを使って生徒たちに自分の好きなデザインの服をつくらせて着せている、と言う。

しかし、生地の模様をじっと見たら、フランス語で、「失われた希望」と書いてあるのです。私は驚嘆しました。たとえば、「パリ」とか「アイスクリーム」とか、ちょっと明るい感じのする言葉ならいいけれど、「失われた希望」と書くのは不思議だなと思いました。

けれど、シスターも、他の誰も説明してくれません。だから私は、その慈悲深い生地屋の社長さんが、そんな文句を粋がってプリントしたものの、まったく売れなかったので寄付したのだろう、ぐらいに思って帰ってきました。それが、その時の私の答えだったわけですね。

ところが、何年後かに、アフリカでは、予想される恐怖を先に言及しておくとそうならない、という一つの迷信があることがわかったのです。

つまり、希望が失われると非常に困るから、「失われた希望」と書いておく。そういう予防的心理はアフリカの生活に、たぶん非常に必要なものなんでしょうね。あの貧しい女の子たちにとっても、絶望が現実のものにならないよう、そういう言葉をプリントした生地を使った服を着ているのはいいことだったのでしょう。

わかっているのは、ここまでです。今度、ベナンへ行ったら、また違う解釈を教えられるかもしれません。

日常の暮らしの中でも、新たな発見があって、何て私は浅知恵だったんだろう、と思わせられることがよくあります。年をとると、しきりにそう思う。でも、それがちっとも嫌ではなくて、明らかに心地いい。だから、全然退屈しないのでしょうね。

多くの友人も八十歳を超えて、時々「頭古いねえ、お互いに」と言い合っていますよ。ほんとうに古いのだけれど、やっぱり世の中は変わっていくんだ、ということを承認する姿勢があればいいのです。そうであれば、その変化を面白がれますからね。

駅の改札で切符代わりに使える電子マネーがあるでしょう。アフリカ帰りの日本人のシスターたちはああいうものをうまく使いこなせなくて、笑っています。しかし一方でアフリカには、必ず日本にないものがある。それがわかっているから、別に引け目に思うこともないのです。

年齢にかかわらず、不幸や不運をただ悲しむだけの人と、面白がれる才能のある人がいるような気がします。思いがけなく、給料が下がったり、人に裏切られたり、そういう単純な不幸も、それから起きるさまざまな人間の葛藤とか、外界の変化とかをじっくり見て、へえ、こんなこともあるのか、と面白がる。それができたら、人生はワンダーフルだと思います。

「ワンダーフル」という英語は、「すばらしい」とか「すてき」とか訳されていますが、これは「フル・オブ・ワンダー」、つまり「驚きに満ちている」という意味なんですね。人生がすばらしいのは、予想通りにことが進んだからではなくて、むしろ予想されないことの連続だからこそ、すばらしい。意図しなかったことではあるけれど、それなりに意味があったのだ、ということを発見できたら、その人は、「人生はすばらしい」と言える成功者なのです。

（了）

本書は、小社より刊行した単行本を文庫化したものです。

曽野綾子（その・あやこ）
1931年東京都生まれ。聖心女子大学英文科卒業。『遠来の客たち』（筑摩書房）が芥川賞候補となり、55年文壇デビュー。以来、小説にエッセイにと多彩な文筆活動に加え、社会活動にも精力的に取り組む。ヴァチカン有功十字勲章受章をはじめ、恩賜賞・日本芸術院賞、海外法人宣教者活動援助後援会代表（2012年退任）として吉川英治文化賞ならびに読売国際協力賞、菊池寛賞など数々を受賞。03年に文化功労者となる。95～05年日本財団会長。『「人生最期」の処方箋』（三笠書房）、『人間にとって成熟とは何か』（幻冬舎）、『老いの才覚』（KKベストセラーズ）、『夫の後始末』（講談社）など著書多数。

知的生きかた文庫

思《おも》い通《どお》りにいかないから
人生《じんせい》は面白《おもしろ》い

著者　曽《そ》野《の》綾子《あやこ》
発行者　押鐘太陽
発行所　株式会社三笠書房
〒一〇二-〇〇七二　東京都千代田区飯田橋三-三-一
電話〇三-五二二六-五七三四〈営業部〉
〇三-五二二六-五七三一〈編集部〉
https://www.mikasashobo.co.jp
印刷　誠宏印刷
製本　若林製本工場

ISBN978-4-8379-8785-7 C0130